시가 나에게 살라고 한다

시가 나에게 살라고 한다

엮은이 **나태주**
펴낸이 **임상진**
펴낸곳 **(주)넥서스**

초판 1쇄 발행 2020년 10월 30일
초판33쇄 발행 2024년 11월 1일

출판신고 1992년 4월 3일 제311-2002-2호
10880 경기도 파주시 지목로 5
Tel (02)330-5500 Fax (02)330-5555

ISBN 979-11-90927-96-3 03810

www.nexusbook.com
&(앤드)는 (주)넥서스의 문학 브랜드입니다.

시가 나에게 살라고 한다

나태주 엮음

시가 사람을 살립니다

결코, 이름난 거창한 시가 아닙니다. 목소리가 큰 시가 아닙니다. 대단한 내용을 담은 시가 아닙니다. 다만 내가 좋아했던 시들입니다.

많이는 조그만 시이고 더러는 이름이 그다지 알려지지 않은 시인의 시들도 있습니다. 선배 시인들의 시이고 동년배 시인들의 시이고 후배 시인들의 시입니다.

그런 시들을 읽으면 다만 좋았습니다. 서럽고 고달픈 마음, 외로운 마음이 조금씩 줄어들었고 흔들리는 심사가 천천히 가라앉았습니다. 기쁨에 부푼 마음도 공손히 가라앉곤 했습니다.

시가 주는 덕성입니다. 힘이고 부드러운 손길입니다. 그런 시들은 나에게 약이 되어주었습니다. 마음의 약입니다. 영혼의 상처를 다스려주는 약이고 거친 마음을 달래주는 약입니다.

그래서 나는 사람을 살리는 시를 생각합니다. 사람의 마음을 쓰다듬어주고 늘어진 어깨를 일으켜주는 시를 생각합니다. 그야말로 사람과 동행하는 시들입니다.

이 책에 모은 글들이 그렇습니다. 많이 힘들고 고달픈 날들, 나를 살리고 나를 위로해준 시들이 이 책을 읽는 분들도 살려주고 일으켜주고 용기 또한 빌려줄 것으로 믿습니다.

한 시절, 나에게 와서 나를 살린 이 시들에게 머리 조아려 간절히 주문합니다. 그들에게 가서 그들도 살려달라고.

2020년 가을

나태주 씁니다.

차례

1
너무 힘들어하지 마라
내가 네 옆에 있다

2

그리하여 어느 날,
사랑이여

3

인생의 한낮이
지나갈 때

4

눈물겹지만
세상은 아름답다

5
오늘이
너의 강물이다

곡절 많은 인생

냅다 주저앉고 싶어도

그러지는 말아야 한다

1

너무 힘들어하지 마라
내가 네 옆에 있다

사평역에서

막차는 좀처럼 오지 않았다
대합실 밖에는 밤새 송이눈이 쌓이고
흰 보라 수수꽃 눈 시린 유리창마다
톱밥난로가 지펴지고 있었다
그믐처럼 몇은 졸고
몇은 감기에 쿨럭이고
그리웠던 순간들을 생각하며 나는
한 줌의 톱밥을 불빛 속에 던져주었다
내면 깊숙이 할 말들은 가득해도
청색의 손바닥을 불빛 속에 적셔두고
모두들 아무 말도 하지 않았다
산다는 것이 때론 술에 취한 듯
한 두름의 굴비 한 광주리의 사과를
만지작거리며 귀향하는 기분으로
침묵해야 한다는 것을
모두들 알고 있었다
오래 앓은 기침 소리와
쓴 약 같은 입술담배 연기 속에서
싸륵싸륵 눈꽃은 쌓이고

그래 지금은 모두들
눈꽃의 화음에 귀를 적신다
자정 넘으면
낯설음도 뼈아픔도 다 설원인데
단풍잎 같은 몇 잎의 차창을 달고
밤열차는 또 어디로 흘러가는지
그리웠던 순간들을 호명하며 나는
한 줌의 눈물을 불빛 속에 던져주었다

곽재구

떠돌이의 세상이 있었다. 강한 힘에 밀려 날카로운 눈초리를 피하면서 살아야 했던 사람들의 세상이 있었다.
여러모로 수상하고 불온했던 시절. 어디선가 쿨룩거리며 가고 있는 사람들의 피곤한 어깨가 있다. 그들의 불안한 표정이 있다.
하지만 그들은 그들끼리 어울려 불안과 외로움과 고달픔을 달랜다. 너무 힘들어하지 마라. 내가 있다. 내가 네 옆에 있다. 그렇게 말하기도 하면서.

저 거리의 암자

어둠 깊어가는 수서역 부근에는
트럭 한 대분의 하루 노동을 벗기 위해
포장마차에 몸을 싣는 사람들이 있습니다
주인과 손님이 함께
출렁출렁 야간여행을 떠납니다
밤에서 밤까지 주황색 마차는
잡다한 번뇌를 싣고 내리고
구슬픈 노래를 잔마다 채우고
빗된 농담도 잔으로 나누기도 합니다
속풀이 국물이 짜글짜글 냄비에서 끓고 있습니다
거리의 어둠이 짙을수록
진탕으로 울화가 짙은 사내들이
해고된 직장을 마시고 단칸방의 갈증을 마십니다
젓가락으로 집던 산낙지가 꿈틀 상 위에서 떨어져
온몸으로 문자를 쓰지만 아무도 읽어내지 못합니다
답답한 것이 산낙지뿐입니까
어쩌다 생의 절반을 속임수에 팔아버린 여자도
서울을 통째로 마시다가 속이 뒤집혀 욕을 게워냅니다
비워진 소주병에 놓인 플라스틱 작은 상이 휘청거립니다

마음도 다리도 휘청거리는 밤거리에서

조금씩 비워지는

잘 익은 감빛 포장마차는 한 채의 묵묵한 암자입니다

새벽이 오면

포장마차 주인은 밤새 지은 암자를 걷어냅니다

손님이나 주인 모두 하룻밤의 수행이 끝났습니다

잠을 설치며 속을 졸이던 대모산의 조바심도

가라앉기 시작합니다

거리의 암자를 가슴으로 옮기는 데

속을 쓸어내리는 하룻밤이 걸렸습니다

금강경 한 페이지가 겨우 넘어갑니다

신달자

조금은 경이로운 내용이다. 포장마차. 그것도 하룻저녁 길거리에 불을 밝히고 세워지는 포장마차. 그걸 하나의 암자로 보았다. 거기에 드나들며 술을 마시는 손님들을 수행자로 보았다.

아, 세상을 이런 안목으로 볼 수도 있구나! 그렇지. 인생이란 누구나의 인생도 존귀하고 누구나의 하루하루도 소중한 것. 그렇다면 포장마차에 모여 술 마시는 사람들의 인생이라 해서 다를 것은 없는 일이다.

여기서 평등이 나오고 상생이 나오고 화평이 나온다. 시인은 특히 이 점에 주목한다. 하루하루 버겁게 사는 일상이 금강경의 한 페이지라고 보았다. 그러면 그렇지. 부디 그들의 남은 인생에도 가호가 있기를!

장미와 가시

눈먼 손으로
나는 삶을 만져 보았네.
그건 가시투성이였어.

가시투성이 삶의 온몸을 만지며
나는 미소 지었지.
이토록 가시가 많으니
곧 장미꽃이 피겠구나 하고.

장미꽃이 피어난다 해도
어찌 가시의 고통을 잊을 수 있을까
해도
장미꽃이 피기만 한다면
어찌 가시의 고통을 버리지 못하리오.

눈먼 손으로
삶을 어루만지며
나는 가시투성이를 지나
장미꽃을 기다렸네.

그의 몸에는 많은 가시가
돋아 있었지만, 그러나,
나는 한 송이의 장미꽃도 보지 못하였네.

그러니, 그대, 이제 말해주오,
삶은 가시장미인가 장미가시인가
아니면 장미의 가시인가, 또는
장미와 가시인가를.

김승희

세상을 바라보는 관점 가운데 가장 보편적이고 편리한 방법은 이분법. 폐단이 없지 않지만 그보다 좋은 방법은 없지 싶다.

좋은 것과 나쁜 것. 너와 나. 밤과 낮. 행복과 불행. 그리고 삶과 죽음. 그 이분법적 사고 안에서 이 세상 모든 것. 인간의 모든 것들은 무릎을 꿇는다.

장미를 꽃으로 보면 꽃이고 가시나무로 보면 또 가시나무다. 이보다 더 좋은 발견, 명쾌한 결론은 없다. 우리네 인생살이 부디 하루하루가 가시나무가 아니고 장미꽃이기를 빌어본다.

감처럼

가랑잎 더미에는
서리가 하얗게 내리고
훤한 하늘에는
감이 익었다

사랑하는 사람아
긴 날을 잎 피워온
어리석은 마음이 있었다면
사랑하는 사람아
해지는 하늘에
비웃음인 듯 네 마음을
걸어놓고 가거라
눈웃음인 듯 내 마음을
걸어놓고 가거라

찬서리 만나
빨갛게 익은 감처럼

권달웅

인생은 때로는 후회의 집적이다. 회한이다. 왜 그때는 그러지 못했을까? 왜 충분히 잘해내지 못했을까? 인생은 어리석은 날들의 기록이다.

하지만 그런 날들에도 남는 것이 있고 보람이 있게 마련이다. 결핍의 축복이다. 나쁜 일, 힘든 일이 있기에 좋은 일, 성취도 있는 것이다.

그런 점에서 인생은 누구에게나 공평한 것인지도 모른다. 어떤 한 사람에게만 좋은 것을 몰아주시지 않는 하나님. 공평한 하나님이시다.

갈등

빚 탄로가 난 아내를 데불고
고속버스
온천으로 간다
십팔 년 만에 새삼 돌아보는 아내
수척한 강산이여

그동안
내 자식들을
등꽃처럼 매달아 놓고
배배 꼬인 줄기
까칠한 아내여

헤어지자고 나선 마음 위에
덩굴처럼 얽혀드는
아내의 손발
싸늘한 인연이여

허탕을 치면
바라보라고

하늘이
거기 걸려 있다

그대 이 세상에 왜 왔지?
빚 갚으러

김광림

───────

'갈등葛藤'이란 칡과 등나무를 가리키는 말이다. 두 나무가 같은 넝
쿨나무인데 서로 반대 방향으로 틀고 올라가는 성질을 빗대어 하
는 말이다.
겨우 18년 살고 빚이 들통난 아내. 그 아내와 헤어지자고 온천여행
을 마련한 남편. 다같이 안타까운 사람들. 마음이 짠하다.
그들에겐 자식들도 여럿 있을 텐데. 결국은 헤어지지 못한 이 부부.
서로에게 빚을 진 마음으로 다시 심기일전 새로운 인생을 살았을
것이다.

꽃씨

꽃씨 속에는
파아란 잎이 하늘거린다

꽃씨 속에는
빠알가니 꽃도 피면서 있고

꽃씨 속에는
노오란 나비 떼가 숨어 있다.

최계락

오랜 세월 초등학교 교직에 있었으므로 아이들이 배우는 국어과 교과서에서 만난 작품이다. 분명 어린아이들을 위해서 쓴 작품인데 그 어떤 작품보다 원대한 세계가 들어있다. 오히려 어른들이 읽어야 할 시다.

영국 시인 워즈워스는 '무지개'를 노래하면서 '어린이는 어른의 아버지/ 지금도 무지개를 바라보면 가슴 뛰노라'고 썼지만 우리의 최계락 시인 또한 그에 못지않은 원융한 시 세계를 펼쳐 보이고 있다. 조그만 꽃씨 속에 '파아란 잎'이 들었고 '빠알가니 꽃'과 '노오란 나비 떼'가 숨었다는 걸 미리 보는 것은 놀라운 예견력이고 또 즐거운 유레카. 그 대목에서 조그만 환호가 절로 나올 일이다.

비망록

남을 사랑하는 사람이 되고 싶었는데
남보다 나를 더 사랑하는 사람이
되고 말았다.

가난한 식사 앞에서
기도를 하고
밤이면 고요히
일기를 쓰는 사람이 되고 싶었는데
구겨진 속옷을 내보이듯
매양 허물만 내보이는 사람이 되고 말았다.

사랑하는 사람아
너는 내 가슴에 아직도
눈에 익은 별처럼 박혀 있고

나는 박힌 별이 돌처럼 아파서
이렇게 한 생애를 허둥거린다.

문정희

왜 그런 마음이 시인에게만 그럴까. 모든 사람의 소망이며 모든 사람의 실망이며 드디어 회한이다. 그렇게 사람은 저마다 자기 자신 앞에 무릎을 꿇는다

도대체 우리는 자기가 자기에게 걸었던 기대의 몇 퍼센트나 이루며 사는 것일까. 이런 질문 앞에 우리는 우울하지만 그래도 이런 질문이라도 던지며 사는 사람은 그 삶의 궤적이 그런대로 정결할 수 있겠다.

저 마음이 내 마음이야, 나도 실은 그랬어, 그런 심정이 사람을 살린다. 어두운 마음을 밝게 하고 흔들리는 마음을 붙잡아준다. 그것이 감정의 동지요 이웃이다.

산이 날 에워싸고

산이 날 에워싸고
씨나 뿌리며 살아라 한다.
밭이나 갈며 살아라 한다.

어느 짧은 산자락에 집을 모아
아들 낳고 딸을 낳고
흙담 안팎에 호박 심고
들찔레처럼 살아라 한다.
쑥대밭처럼 살아라 한다.

산이 날 에워싸고
그믐달처럼 사위어지는 목숨
구름처럼 살아라 한다.
바람처럼 살아라 한다.

박목월

중학교 2학년 겨울의 일이다. 돈 대신 쌀 몇 말을 하숙비로 주고 몇 달 동안 서천 읍내에서 하숙 생활하던 시절이 있었다. 춥고 배고프고 가난하기만 하던 때.

찐빵 하나가 먹고 싶어 빵집 앞을 서성이던 때. 그 시절 함께 하숙하던 친구가 읽어준 시가 바로 박목월 시인의 「산이 날 에워싸고」 바로 이 시였다. 왜 나의 마음이 여기 와있을까, 생각했다.

다만 가슴이 콱 막혔다. 그것은 답답함이 아니고 슬픔도 아니고 그 뒤범벅이 된 어떤 기쁨 같은 것이었다. 환희라고나 할까. 그래서 나는 시인이란 사람이 되어보는 것도 좋겠다는 생각을 했다. 이 시는 나를 시인으로 이끈 시다.

아버지의 등을 밀며

아버지는 단 한 번도 아들을 데리고 목욕탕엘 가지 않았다
여덟 살 무렵까지 나는 할 수 없이
누이들과 함께 어머니 손을 잡고 여탕엘 들어가야 했다
누가 물으면 어머니가 미리 일러준 대로
다섯 살이라고 거짓말을 하곤 했는데
언젠가 한 번은 입 속에 준비해둔 다섯 살 대신
일곱 살이 튀어나와 곤욕을 치르기도 하였다
나이보다 실하게 여물었구나, 누가 고추를 만지기라도 하면
잔뜩 성이 나서 물속으로 텀벙 뛰어들던 목욕탕
어머니를 따라갈 수 없으리만치 커버린 뒤론
함께 와서 서로 등을 밀어주는 부자들을
은근히 부러운 눈으로 바라보곤 하였다
그때마다 혼자서 원망했고, 좀 더 철이 들어서는
돈이 무서워서 목욕탕도 가지 않는 걸 거라고
아무렇게나 함부로 비난했던 아버지
등짝에 살이 시커멓게 죽은 지게 자국을 본 건
당신이 쓰러지고 난 뒤의 일이다
의식을 잃고 쓰러져 병원까지 실려온 뒤의 일이다
그렇게 밀어드리고 싶었지만, 부끄러워서 차마

32

자식에게도 보여줄 수 없었던 등
해 지면 달 지고, 달 지면 해를 지고 걸어온 길 끝
적막하디 적막한 등짝에 낙인처럼 찍혀 지워지지 않는
지게 자국
아버지는 병원 욕실에 업혀 들어와서야 비로소
자식의 소원 하나를 들어주신 것이었다.

손택수

가난한 아버지와 역시 가난한 아들의 초상. 한 번도 아버지와 함께
목욕탕에 가지 못해서 그것이 두고두고 소망이 되었던 아들. 어려
서는 어머니를 따라서 여탕에 다녔던 아들.
함께 목욕탕에 다니는 다른 아버지와 아들이 많이 부러웠고 그럴
때마다 함께 목욕탕에 가주지 않은 아버지에게 불평했는데 그것
이 아버지의 등판에 낙인처럼 찍힌 지게 자국이 원인이었음을 나
중에서야 알게 되었다는 거다.
병으로 쓰러져 병원 응급실로 실려 오고 나서야 그 등판을 보여준
아버지. 이 시대라고 그런 아버지가 없을 까닭이 없다. 아들 또한 그
렇다. 비록 가난하지만 따스한 인간애가 번지는 가정 풍속도이다.

차부에서

중학교 일 학년 때였다. 차부車部에서였다. 책상 위의 잉크병을 엎질러 머리를 짧게 올려친 젊은 매표원한테 거친 큰소리로 야단을 맞고 있었는데 누가 곰 같은 큰손으로 다가와 가만히 어깨를 짚었다. 아버지였다.

이시영

내리닫이 산문 형식인데 시다. 그 안에 시적인 울렁임과 감동이 들어 있음으로써다. 어린 시절의 추억을 썼다. 그것도 아버지와의 이야기. 이 땅의 모든 아버지들은 대충 말수가 적고 무뚝뚝하다. 하지만 인생의 위기 때마다 나타나는 흑기사이고 슈퍼맨이다. 그래야 한다. 그래야 아버지다. 이 시에 나오는 시인의 아버지도 그런 아버지다.

중학교 일 학년 까까머리 시절. 모든 것이 낯설고 눈부시던 때. 차부(오늘날 터미널)에서 차표 파는 청년에게 실수를 하여 야단을 맞을 때. 기적처럼 나타나 어린 아들의 어깨 위에 곰 같은 손을 턱 짚어준 아버지. 얼마나 가슴 벅찬 감동이요 고마움이었을까!

내 마음의 지도

1.

자주 지도를 들여다본다

모든 추억하는 길이 캄캄하고 묵직하다

많은 델 다녔으므로, 많은 걸 본 셈이다

지도를 펴놓고 얼굴을 씻고,

머릿속을 헹궈 낸다

아는 사람도, 마주칠 사람도 없지만

그 길에 화산재처럼 내려쌓인다

토실토실한 산맥을 넘으며,

온몸이 다 젖게 강을 첨벙이다

고요한 숲길에 천막을 친다

지도 위에 맨발을 올려보고 나서도

차마 지도를 접지 못해 마음에 베껴두고 잔다

여러 번 짐을 쌌으므로 여러 번 돌아오지 않은 셈이다

여러 번 등 돌렸으므로 많은 걸 버린 셈이다

그 죄로 손금 위에 얼굴을 묻고

여러 번 운 적이 있다.

2.

깊은 밤, 나는

그가 물을 틀어놓고

우는 소리를 자주 들었다

울음소리는 물에 섞이지 않았지만

그가 떠내려보낸 울음은

돌이 되어 잘 살 거라 믿었다.

이병률

시인은 때로 현실의 사람이 아니어도 좋겠다. 어디 먼 곳, 그러니까 상상의 골짜기를 헤매는 사람이어도 좋겠다. 아니다. 상상은 독립적이지 않다. 현실에서의 경험을 바탕으로 상상이 전개된다.

시인의 상상이 펼쳐지는 공간은 지도다. 시인이 이미 다녀온 곳일 수도 있고 아직 가보지 못한 미지의 땅일 수도 있다. 그 모든 곳을 떠돌며 시인은 자기가 해보고 싶은 일들을 꿈꾼다. 아니, 과거의 일들을 상기한다. 끝내 시인은 울음의 세계에 도달한다. 하지만 그 울음은 자기 혼자만의 것이 아니라 타인의 울음으로까지 번진다. 아무래도 나 같은 사람이 읽기에는 1의 시보다는 2의 시가 훨씬 가슴에 와닿는다.

국수가 먹고 싶다

국수가 먹고 싶다

사는 일은
밥처럼 물리지 않는 것이라지만
때로는 허름한 식당에서
어머니 같은 여자가 끓여주는
국수가 먹고 싶다

삶의 모서리에 마음을 다치고
길거리에 나서면
고향 장거리 길로
소 팔고 돌아오듯
뒷모습이 허전한 사람들과
국수가 먹고 싶다

세상은 큰 잔칫집 같아도
어느 곳에선가
늘 울고 싶은 사람들이 있어

마을의 문들은 닫히고
어둠이 허기 같은 저녁
눈물 자국 때문에
속이 훤히 들여다보이는 사람들과
따뜻한 국수가 먹고 싶다

이상국

어린 시절 국수는 잔칫날만 먹는 별미였다. 닭 국물에 닭고기 박살이나 달걀 지단을 고명으로 얹은 국수는 최고의 음식이었다. 하지만 국수는 조금은 허름한 음식이고 서민적인 음식.

더구나 음식점에서 파는 국수는 더욱 그런 느낌이었다. 그래서 그랬을까. 국숫집에서 만나는 사람들은 왠지 모르게 친숙한 마음이 앞섰고 가까운 이웃 같은 느낌이 들곤 했다. 은연중 동병상련 같은 마음 때문에 그랬을 것이다.

이상국 시인은 강원도 속초 출신으로 씩씩한 시인이고 그에게는 대중들로부터 사랑받는 시가 많다. 그런 중에 이 시는 가장 사랑받는 시다. 아예 독자들은 이 시인을 '국수의 시인'이라 부르기도 한다.

목계장터

하늘은 날더러 구름이 되라 하고
땅은 날더러 바람이 되라 하네
청룡 흑룡 흩어져 비 개인 나루
잡초나 일깨우는 잔바람이 되라네
뱃길이라 서울 사흘 목계나루에
아흐레 나흘 찾아 박가분 파는
가을볕도 서러운 방물장수 되라네
산은 날더러 들꽃이 되라 하고
강은 날더러 잔돌이 되라 하네
산서리 맵차거든 풀 속에 얼굴 묻고
물여울 모질거든 바위 뒤에 붙으라네
민물 새우 끓어 넘는 토방 툇마루
석삼 년에 한 이레쯤 천치로 변해
짐 부리고 앉아 쉬는 떠돌이가 되라네
하늘은 날더러 바람이 되라 하고
산은 날더러 잔돌이 되라 하네

신경림

40

충북 충주 부근 남한강변 어디쯤 목계나루란 나루가 있고 거기에 '목계장터'란 시비가 있다고 들었다. 그 고장이 고향인 신경림 시인의 시를 새긴 시비라고 한다.

아마도 시인이 어렸을 시절엔 그곳 나루터에 오가는 사람들로 하여 장터가 있었던가 보다. 옛날 풍경이다. 세상이 변하여 시골 장터도 사라졌겠지. 다만 시의 문장 속에 남아있는 장터의 정서만 애잔하다.

장터의 모습이긴 하지만 인간의 이야기보다는 자연의 이야기에 더욱 가깝다. 장터의 소란스러움보다는 바람소리, 물소리나 새소리와 같은 자연의 소리가 더 많이 들린다. 누군가 한 사람의 전기를 읽는 느낌이다.

별을 보며

내 너무 별을 쳐다보아
별들은 더럽혀지지 않았을까.

내 너무 하늘을 쳐다보아
하늘은 더럽혀지지 않았을까

별아, 어찌하랴.
이 세상 무엇을 쳐다보리.

흔들리며 흔들리며 걸어가던 거리
엉망으로 술에 취해 쓰러지던 골목에서

바라보면 너 눈물 같은 빛남
가슴 어지러움 황홀히 헹구어 비치는
이 찬란함마저 가질 수 없다면
나는 무엇으로 가난하랴.

이성선

이성선 시인 역시 젊은 시절 내가 존경하며 따르던 동료 시인 가운데 하나였던 시인이다. 어디선가 또 말했지만 남도의 송수권 시인과 함께 셋이서 행복했던 시절을 감사하게 생각한다.

식물성 인간이었다. 지상의 일보다는 하늘의 일을 늘 염두에 두면서 사는 시인이었다. 마음결이 순했다. 작은 일에도 곧잘 상처받는 영혼이었다. 나이가 들어도 늘 글썽한 눈매였다.

선량한 눈빛으로 하늘과 나무와 바람과 별을 우러르며 살았다. 윤동주 시인과 더불어 별의 시인. 지금은 다만 강원도 고성군, 고향의 옛 집터에 시비로 서있는 시인. 시비 또한 시인을 닮아 맑고 외롭고 머쓱했다.

파랑새

나는
나는
죽어서
파랑새 되어

푸른 하늘
푸른 들
날아다니며

푸른 노래
푸른 울음
울어 예으리

나는
나는
죽어서
파랑새 되리

한하운

고등학교 학생으로 한하운 시인의 『황토길』이란 책을 읽은 일이 있다. 문둥이 시인. 시인을 만나고 싶었다. 초등학교 교사 발령이 늦어져 서울 시내를 떠돌 때 시인을 찾아가 본 일이 있다. 명동의 무하문화사란 곳.

명동성당 가는 한길가 오른쪽 골목 2층에 있었다. 시인은 매우 겸손하고 친절했다. 그러나 절대로 악수를 하지 않았다. 문둥병이 치료되긴 했지만 망가진 손을 다른 사람에게 내밀지 않으려는 의도 같았다.

지극히 비극적인 처지에서 절망적인 삶을 살아야 했던 시인. 삶이 그대로 하나의 교훈이고 힘이었다. 어떤 고난 앞에서도 포기하지 말라는 말없는 웅변과 당부였다. '파랑새' 자체가 시인의 표상, 그것이었다.

해바라기의 비명碑銘

나의 무덤 앞에는 그 차거운 비碑ㅅ돌을 세우지 말라.

나의 무덤 주위에는 그 노오란 해바라기를 심어 달라.

그리고 해바라기의 긴 줄거리 사이로 끝없는 보리밭을 보여 달라.

노오란 해바라기는 늘 태양같이 태양같이 하던 화려한 나의 사랑이라고 생각하라.

푸른 보리밭 사이로 하늘을 쏘는 노고지리가 있거든 아직도 날아오르는 나의 꿈이라고 생각하라.

함형수

함형수란 시인. 시단 활동이 길거나 활발했던 시인은 아니다. 하지만 이러한 좋은 시 하나 남겨 그 이름이 영원하다. 시의 편수도 많지 않아 시집 한 권을 제대로 묶을 수도 없다. 그런 점에서 이장희 시인과 비슷하다.

행갈이나 연 구분도 없이 그냥 줄글처럼 이어진 다섯 개의 문장이다. 문장 형식도 명령어 투로 투박하다. 그런데도 아름답고 황홀하다. 왜 그럴까? 어쩌면 그건 이 시가 유언시遺言詩라서 그런 것은 아닐까.

사람은 누구나 죽는다. 죽을 때 두고 가는 말이 유언이다. 스님들은 그걸 좀 더 좋게 '오도송'이라 말씀한다. 젊은 날의 유언. 지켜질지 안 지켜질지 모르면서 내놓는 유언. 그러기에 그 유언은 한없이 눈부시다.

우리가 물이 되어

우리가 물이 되어 만난다면
가문 어느 집에선들 좋아하지 않으랴.
우리가 키 큰 나무와 함께 서서
우르르 우르르 비 오는 소리로 흐른다면.

흐르고 흘러서 저물녘엔
저 혼자 깊어지는 강물에 누워
죽은 나무뿌리를 적시기도 한다면.
아아, 아직 처녀인
부끄러운 바다에 닿는다면.

그러나 지금 우리는
불로 만나려 한다.
벌써 숯이 된 뼈 하나가
세상에 불타는 것들을 쓰다듬고 있나니.

만 리 밖에서 기다리는 그대여
저 불 지난 뒤에
흐르는 물로 만나자.

푸시시 푸시시 불 꺼지는 소리로 말하면서
올 때는 인적 그친
넓고 깨끗한 하늘로 오라.

강은교

시인이 젊은 시절에 쓰신 작품으로 아는데 어떻게 이렇게 젊은 나
이에 노회한 정신세계에 도달할 수 있었는지 감탄이 절로 나온다.
특히 동년배의 시인으로서 이런 작품을 읽으면서 고달픈 인생에
대해서 그리고 허무한 사랑에 대해서 많은 위로를 받았던 것이 사
실이다.
젊은 시절 고마운 이정표와 같은 작품이다. 혹시라도 이 시를 따라
서 가다 보면 어지러웠던 나의 청춘의 발자국을 찾을 수 있을지 모
른다.

구부러진 길

나는 구부러진 길이 좋다.
구부러진 길을 가면
나비의 밥그릇 같은 민들레를 만날 수 있고
감자를 심는 사람을 만날 수 있다.
날이 저물면 울타리 너머로 밥 먹으라고 부르는
어머니의 목소리도 들을 수 있다.
구부러진 하천에 물고기가 많이 모여 살 듯이
들꽃도 많이 피고 별도 많이 뜨는 구부러진 길.
구부러진 길은 산을 품고 마을을 품고
구불구불 간다.
그 구부러진 길처럼 살아온 사람이 나는 또한 좋다.
반듯한 길 쉽게 살아온 사람보다
흙투성이 감자처럼 울퉁불퉁 살아온 사람의
구불구불 구부러진 삶이 좋다.
구부러진 주름살에 가족을 품고 이웃을 품고 가는
구부러진 길 같은 사람이 좋다.

이준관

나의 문단 생활 50년. 수없이 많은 문인을 만나고 정다운 이웃을 얻었다. 그런 가운데 오직 한 사람의 이웃을 꼽으라면 그 사람은 이준관이다. 나와 함께 1971년《서울신문》신춘문예 당선자다.

그런데 나는 시이고 그는 동시. 나이로도 네 살 연하. 언제나 그는 나를 마음속 형처럼 생각해주고 염려해 준다. 친동기라 해도 그럴 수 없는 우정이다. 그는 나중《심상》을 통해 시인으로도 등단했다.

이래저래 평생의 우정이다. 사람처럼 그의 글은 따스하고 정답다. 과한 일이 없다. 세상을 부드럽게 보듬어 안는다. 세상의 평화가 있다면 그것은 또 이준관 시인의 글 가운데 살고 있는 평화가 제일이다.

마흔 살 되는 해는

부산 바다처럼 퍼렇게 멍이 들어
파도처럼 아주 부서지더라도
다시 아무 일 아닌 듯 바다로 잇는
마흔 살 되는 해는 우리 그렇게 못 되랴

뱃길같이 금 간 마음 물 속에 던져주고
비늘 같은 상처들은 모래 위에 털어내고
먼 수평선 아무럼 안 울고도
다시 바라볼 수 없으랴

부산 바다 파도처럼 아주 부서지더라도
속 빠지듯 큰 소리 한 번 내고
다시 아무 일 아닌 듯 바다로 잇는
마흔 살 되는 해는 우리 그렇게 될 수 없으랴
지평선 끝 텅 빈 하늘 같은

뱃길같이 금 간 마음 물속에 던져주고
비늘 같은 상처들은 모래 위에 털어내고
먼 지평선 아무럼 안 울고도

다시 바라볼 수 없으랴

천양희

―――――――

마흔 살 나이. 여자든 남자든 마흔 살 나이는 무엇으로 보든지 어른스러운 나이다. 중년의 초입. 공자님은 마흔 살 나이에 '불혹'을 하시어 세상의 일에 쉽게 흔들리지 않으셨다 했지만 범인이야 그럴 수 없는 일.

어쨌든 마흔 살. 이 여성 시인은 인생의 한 고비를 돌아와 바다를 바라보면서 파도처럼 부서지더라도 아프다 말하지 아니하고 소리 내어 울지 않기를 스스로 다짐하고 있다. 손을 모아 기도하고 있다.

내가 이 작품을 읽은 것은 30대 시절. 나보다 연상인 여성 시인의 이 같은 시를 읽으면서 나도 그처럼 당당하고 차분하고 초연해지기를 기대했다. 그러나 나는 지금도 매사에 부서지고 울먹이는 사람이다.

목숨

목숨은 때묻었나
절반은 흙이 된 빛깔
황폐한 얼굴엔 표정이 없다.

나는 무한히 살고 싶더라
너랑 살아보고 싶더라
살아서 주검보다 그리운 것이 되고 싶더라

억만 광년의 현암玄暗을 거쳐
나의 목숨 안에 와 닿는
한 개의 별빛

우리는 아직도 포연砲煙의 추억 속에서
없어진 이름들을 부르고 있다
따뜻이 체온에 젖어든 이름들

살은 자는 죽은 자를 증언하라
죽은 자는 살은 자를 고발하라
목숨의 조건은 고독하다.

바라보면 멀리도 왔다마는
나의 뒤 저편으로
어쩌면 신명나게 바람은 불고 있다

어느 하많은 시공이 지나
모양 없이 지워질 숨자리에
나의 백조는 살아서 돌아오라.

신동집

신동집 시인은 영문학을 전공한 지성인으로 대구에서 오래 살다
가 돌아간 시인이다. 생전에 미국 시인 휘트먼을 사랑해 그의 시를
번역했고 그의 시처럼 우렁찬 목소리를 담고자 노력했다.

여기에 읽는 시만 해도 전쟁의 아픔을 온몸으로 증언하듯 쓰고 있
다. 삶에 대한 끈질긴 물음이 있고 살아남은 자의 미안스러움이
들어있다. 음성은 다소 거칠지만 정직하고 정연하다.

시인이 끝내 버릴 수 없었던 것은 삶에 대한 의지다. 삶에 대한 외
경이다. 하지만 이렇게 정직하고도 성실한 시인의 목소리가 시류에
휩쓸려 사라지거나 가뭇없이 묻혀버리는 우리의 현실은 또 다른
슬픔이다.

담쟁이

저것은 벽
어쩔 수 없는 벽이라고 우리가 느낄 때
그때
담쟁이는 말없이 그 벽을 오른다
물 한 방울 없고 씨앗 한 톨 살아남을 수 없는
저것은 절망의 벽이라고 말할 때
담쟁이는 서두르지 않고 앞으로 나아간다
한 뼘이라도 꼭 여럿이 함께 손을 잡고 올라간다
푸르게 절망을 다 덮을 때까지
바로 그 절망을 잡고 놓지 않는다
저것은 넘을 수 없는 벽이라고 고개를 떨구고 있을 때
담쟁이 잎 하나는 담쟁이 잎 수천 개를 이끌고
결국 그 벽을 넘는다

도종환

서슬 푸르고 아름다운 세상이다. 작고 힘없고 약한 것이 크고도 힘세고 강한 것을 이겨내는 곡절을 밝히고 있다. 애당초는 불가능이다. 그런데 그것이 가능함이 되었다. 승리다. 고마움이고 감사다. 곡절 많은 인생, 냅다 주저앉고 싶어도 그러지는 말아야 한다. "호랑이가 물어가도 정신만 차리면 살아난다"했고 "하늘이 무너져도 솟아날 구멍이 있다"했다. 그걸 실현한 시가 바로 이 작품이다.

한때는 '접시꽃 당신'으로, '흔들리며 피는 꽃'으로 알려지고 다시 이런 작품으로 알려지니 시인으로서 운이 좋았다고 보아야 한다. 인구人口에 회자膾炙되는 한 편의 작품이 없어 시인은 끝내 슬픈 것인데 말이다.

대추 한 알

저게 저절로 붉어질 리는 없다
저 안에 태풍 몇 개
저 안에 천둥 몇 개
저 안에 벼락 몇 개

저게 저 혼자 둥글어질 리는 없다
저 안에 무서리 내리는 몇 밤
저 안에 땡볕 두어 달
저 안에 초승달 몇 낱

장석주

일찍이 교보문고가 주관하는 광화문 글판에 올라 많은 이들에게 기쁨을 주고 사랑을 받았던 작품 가운데 한 편이다. 참 묘한 것이 이렇게 시인이 대중들에게서 사랑을 받으려면 그 어떤 계기가 있어야 한다.

어떤 계기인가? 이해와 감동의 계기이고 봉사의 계기이다. 사람들에게 널리 도움을 주어야 한다는 것이다. 그런 점에서 단군께서 말씀하셨다는 홍익인간弘益人間의 이념은 매우 귀한 진리로 오늘에도 유효하다.

장석주 시인의 시, 「대추 한 알」은 읽는 이에게 기쁨을 준다. 통쾌감을 주고 성취감을 준다. 너도 할 수 있어, 기다려봐, 네가 하는 일이 결코 헛된 일이 아니야, 작은 일이 아니야, 축복을 준다. 역시 시의 덕성이다.

어제는 보고 싶다 편지 쓰고

어젯밤 꿈엔 너를 만나 쓰러져 울었다

삶의 순간, 순간들이 모두가 이별이었다 슬픔이었다

이별은 또 다른 출발이고 만남이다

.

2

그리하여 어느 날,
사랑이여

편지

그대만큼 사랑스러운 사람을 본 일이 없다
그대만큼 나를 외롭게 한 이도 없었다
이 생각을 하면 내가 꼭 울게 된다

그대만큼 나를 정직하게 해준 이가 없었다
내 안을 비추는 그대는 제일로 영롱玲瓏한 거울
그대의 깊이를 다 지나가면
글썽이는 눈매의 내가 있다
나의 시작이다

그대에게 매일 편지를 쓴다
한 구절을 쓰면 한 구절을 와서 읽는 그대
그래서 이 편지는
한 번도 부치지 않는다

김남조

편지란 마음의 표식. 말로는 차마 이룰 수 없는 마음의 하소연을 담는 정결한 그릇. 저녁에 쓴 편지를 아침에 다시 읽어보면 끝내 그 편지를 부치지 못한다는 말이 있다.

그만큼 편지에 담는 문장은 솔직한 감정이고 가변적이라는 얘기다. 시인에게 진정 사무치게 그리운 사람, 못 잊을 사람이 있었던가. 또 마음이 있었던가. 마음으로 쓰는 편지를 누군가 보이지 않는 존재가 와서 읽곤 한다.

그러므로 그 편지는 부칠 수 없는 편지가 되고 세상에 존재하지 않는 편지가 된다. 애달픔도 이쯤 되면 사람이 어찌지 못하는 그 무엇이 되기 마련이다.

물망초
— Forget me not

부르면 대답할 듯한

손을 흔들면 내려올 듯도 한

그러면서 아득히 먼

그대의 모습,

—하늘의 별일까요?

꽃 피워 바람 잔 우리들의 그 날,

—나를 잊지 마세요.

그 음성 오늘따라

더욱 가까이에 들리네

들리네.

김춘수

꽃의 시인 김춘수. 본인에게 물으면 절대로 그 작품이 자신의 대표작이 아니라고 오히려 화를 내는 시인. 하지만 독자들은 여전히 「꽃」이란 작품을 시인의 대표작으로 꼽는다.

위의 시는 정식으로 시집에 들어간 시 작품이 아니라 시인이 편찬한 어떤 시선집 앞부분에 서시처럼 슬쩍 써서 넣은 글인데 시인의 다른 작품들보다도 이 작품이 나는 좋았다.

물망초. 서양에서 들여온 꽃이다. 한자로 쓰면 勿忘草. 영어로 쓰면 forget me not. 그 말이 그 말이다. 나를 잊지 말아 달라는 꽃말이란다. 실지로 꽃은 아주 작은 꽃인데 연한 하늘빛에 조그만 꽃송이가 매우 애잔해 보이는 꽃이다.

대숲 아래서

1
바람은 구름을 몰고
구름은 생각을 몰고
다시 생각은 대숲을 몰고
대숲 아래 내 마음은 낙엽을 몬다.

2
밤새도록 댓잎에 별빛 어리듯
그슬린 등피에는 네 얼굴이 어리고
밤 깊어 대숲에는 후둑이다 가는 밤 소나기 소리
그리고도 간간이 사운대다 가는 밤바람 소리.

3
어제는 보고 싶다 편지 쓰고
어젯밤 꿈엔 너를 만나 쓰러져 울었다
자고 나니 눈두덩엔 메마른 눈물자죽.
문을 여니 산골엔 실비단 안개.

4

모두가 내 것만은 아닌 가을,
해 지는 서녘구름만이 내 차지다
동구 밖에 떠드는 애들의
소리만이 내 차지다
또한 동구 밖에서부터 피어오르는
밤안개만이 내 차지다

하기는 모두가 내 것만은 아닌 것도 아닌
이 가을,
저녁밥 일찍이 먹고
우물가에 산보 나온
달님만이 내 차지다.
물에 빠져 머리칼 헹구는
달님만이 내 차지다.

나태주

나의 작품이다. 1971년 《서울신문》 신춘문예에 당선된 작품이다.
그렇다. 이 작품이 나를 시인으로 만들어주었다. 얼마나 오래 이 시
를 입에 달고 살았던가. 따듬따듬 외우는 시 한 편이 또 이 시다.
나의 청춘이 들어있다. 침몰 직전의 청춘. 난파선과 같은 날들이
넘실거린다. 그런데도 시의 내용이 온건한 건 오로지 문장의 덕성
이고 시가 가진 은총이다.

실상 데뷔작이 대표작이 되면 그 시인은 제자리걸음으로 발전 없
는 시인이고 끝내 눈감은 시인이다. 한동안 이 작품이 나의 대표작
행세를 하다가 시 「풀꽃」으로 대체된 일은 매우 다행스런 일이다.

내 소녀

빈 가지에 바구니 걸어 놓고
내 소녀는 어디 갔느뇨

……………

박사薄紗의 아지랑이
오늘도 가지 앞에 아른거린다

오일도

시가 굳이 덩치가 크고 울림이 클 필요는 없다고 본다. 얼핏 철부지 소년이 붓을 들어 아무렇게나 썼을 것 같은 이 한 편의 시. 왜 이 조그만 시가 오래도록 가슴에 남아 사라지지 않는 것일까.

앙증맞다. 사랑스럽다. 맑고도 곱다. 다만 아름다움 그것뿐이다. 작은 것이 오히려 크고, 부드러운 것이 오히려 세차고, 말없는 것이 오히려 많은 말을 하고 있음을 이런 시가 말해주고 있다.

시인에게는 이보다 더 크고 우렁찬 시가 있고 덩치가 큰 시가 있으리라. 그런데도 이 시가 오래 생명을 갖는 것은 시가 어때야 하는가를 본질적으로 보여주는 웅변이다. 언어가 그림이 된 까닭이기도 하다.

석류

언제부터

이 잉걸불 같은 그리움이

텅 빈 가슴속에 이글거리기 시작했을까

지난여름 내내 앓던 몸살

더 이상 견딜 수 없구나

영혼의 가마솥에 들끓던 사랑의 힘

캄캄한 골방 안에

가둘 수 없구나

나 혼자 부둥켜안고

뒹굴고 또 뒹굴어도

자꾸만 익어가는 어둠을

이젠 알알이 쏟아놓아야 하리

무한히 새파란 심연의 하늘이 두려워

나는 땅을 향해 고개 숙인다

온몸을 휩싸고 도는

어지러운 충만 이기지 못해

나 스스로 껍질을 부순다

아아, 사랑하는 이여
지구가 쪼개지는 소리보다
더 아프게
내가 깨뜨리는 이 홍보석의 슬픔을
그대의 뜰에
받아주소서

이가림

일찍이 서양에 발레리의 '석류'가 있다면 한국에는 정지용의 '석류'가 있고 그 뒤엔 이가림의 '석류'가 있다. 젊은 나이로는 접근할 수 없는 낭만이다. 푸르고 떫은 시절을 보내고 드디어 한숨 섞어 바라보는 사랑이다. 차라리 기도다. 인생의 거품을 삭히고 나서 곱게 돌아와 빈 뜰에 엎드린 자의 겸허한 눈매다. 하지만 아직도 남은 마음의 불길은 안으로 뜨겁고 집요하다. 가을의 사랑인가! 아픔 속에 오히려 기쁨을 숨겼다.

내 마음을 아실 이

내 마음을 아실 이
내 혼자 마음 날같이 아실 이
그래도 어데나 계실 것이면

내 마음에 때때로 어리우는 티끌과
속임 없는 눈물의 간곡한 방울방울
푸른 밤 고이 맺는 이슬 같은 보람을
보밴 듯 감추었다 내어 드리지

아! 그립다
내 혼자 마음 날같이 아실 이
꿈에나 아득히 보이는가

향 맑은 옥돌에 불이 달아
사랑은 타기도 하오련만
불빛에 연긴 듯 희미론 마음은
사랑도 모르리 내 혼자 마음은.

김영랑

시에서 첫 문장은 신이 주시는 선물이다, 라는 말이 있다. 어찌 그런 문장이 누구에게나 항용 허락되겠는가. 하지만 시를 읽다가 문득 그런 문장을 만날 때가 있다. 정신이 번쩍 드는 순간이다.

그럴 때마다 나는 생각해 본다. 왜 내가 생각하고 있던 문장이 여기 와있는 거지? 이걸 내가 썼어야 하는데 이미 누군가 써버렸네!

그것은 실망이고 쾌재이고 또 야릇한 기쁨, 감동이다. '내 마음을 아실 이'가 그렇고 중간에 이르러 '내 혼자 마음 날같이 아실 이'는 더욱 그렇다.

연서

이 세상에서 당신을 사랑하는 사람이
백 사람 있다면
그중에 한 사람은 나입니다.

이 세상에서 당신을 사랑하는 사람이
열 사람 있다면
그중에 한 사람은 나입니다.

이 세상에서 당신을 사랑하는 사람이
한 사람밖에 없다면
그 한 사람은 바로 나입니다.

이 세상에서 당신을 사랑하는 사람이
한 사람도 없다면
그건 내가 이 세상에 없기 때문입니다.

프란체스카 도너 리

프란체스카 도너 리는 이승만 박사의 부인되는 분이다. 오스트리아 출신으로 이승만 박사가 미국에서 생활하던 당시에 만나 사랑하고 결혼하여 한국 국적으로 살았던 분이다.

이분이 젊은 시절 이승만 박사와 주고받은 편지 가운데 들어있던 문장이 바로 위의 글이라고 한다. 누군가 영어로 된 문장을 우리말로 바꾸었음이다. 형식과 문장은 단순하고 짧지만 그 뜻과 정서는 지극한 데가 있다.

점층법의 반대다. 백에서 열, 열에서 하나, 다시 하나에서 영으로 '당신을 사랑하는 사람'이 줄어들면서 사랑하는 마음은 증대되고 있다. 묘한 마음의 곡절이다. 이런 사랑, 이런 헌신을 누군들 외면할 수 있겠는가!

사랑

어둠 속에서도 불빛 속에서도 변치않는
사랑을 배웠다 너로해서

그러나 너의 얼굴은
어둠에서 불빛으로 넘어가는
그 찰나에 꺼졌다 살아났다
너의 얼굴은 그만큼 불안하다

번개처럼
번개처럼
금이 간 너의 얼굴은

김수영

달콤하고 가슴 설레고 아름답기만 한 사랑이 아니다. 불안하고 흔들리는 사랑이다. 금이 간 사랑이고 번개 앞에서 떨고 있는 사랑이다.

하지만 사랑은 역시 사랑. 그런 외부적인 조건이나 현실에 흔들리지 않는 튼튼한 사랑을 시인은 지향한다.

언제든 사랑은 특혜요 기적. 누군가의 사랑인들 아름답지 않고 고귀하지 않고 특별하지 않으랴. 어떤 사랑이든 사랑은 인간을 한 단계 높은 세상으로 상승케 해주는 묘약을 숨기고 있다.

작은 짐승

난이와 나는
산에서 바다를 바라다보는 것이 좋았다
밤나무
소나무
참나무
느티나무
다문다문 선 사이사이로 바다는 하늘보다 푸르렀다

난이와 나는
작은 짐승처럼 앉아서 바다를 바라다보는 것이 좋았다
짐승같이 말없이 앉아서
바다같이 말없이 앉아서
바다를 바라다보는 것은 기쁜 일이었다

난이와 내가
푸른 바다를 향하고 구름이 자꾸만 놓아 가는
붉은 산호와 흰 대리석 층층계를 거닐며
물오리처럼 떠다니는 청자기빛 섬을 어루만질 때
떨리는 심장같이 자지러지게 흩날리는 느티나무 잎새가

난이의 머리칼에 매달리는 것을 나는 보았다

난이와 나는
역시 느티나무 아래에 말없이 앉아서
바다를 바라다보는 순하디 순한 작은 짐승이었다

신석정

————

부안 출신으로 중년 이후의 생애부터 전주에서 살다가 세상을 떠난 시인. 지금은 전주와 고향 부안에서 시인을 기억하고 있어 사후에 더욱 행복한 시인이 되었다.

내가 이 시인을 알게 된 것은 고등학교 시절. 시인의 시집 두 권을 함께 만나면서부터다. 중학교 시절 박목월 시인의 시를 읽고 시인이 되고 싶었는데 신석정 시인의 시는 그런 나의 꿈에 기름을 부어주었다.

'난'은 시인의 따님 이름. 하지만 나는 시인이 애인과 함께 산 위에 앉아서 바다를 내려다보는 걸로 읽었다. 매우 사랑스러웠다. 그래서 나는 좋아하던 여학생의 이름을 난이라고 부르며 시 쓰기에 열중했었다.

동백꽃

동백꽃은

홋시집 간 순아 누님이

매양 보며 울던 꽃.

눈 녹은 양지쪽에 피어

집에 온 누님을 울리던 꽃.

홍치마에 지던

하늘 비친 눈물도

가냘프고 쓸쓸하던 누이의 한숨도

오늘토록 나는 몰라.

울어야던 누님도 누님을 울리던 동백꽃도

나는 몰라

오늘토록 나는 몰라.

지금은 하이얀 촉루가 된

누님이 매양 보며 울던 꽃

빨간 동백꽃.

이수복

나는 애당초 누님이 없는 사람이다. 맏이로 태어난 탓이다. 어린 시절 누님이 있는 아이들이 부러웠다. 누님. 손위 여자 형제. 살갑고 정답고 부드럽고 예쁜 여자.

고등학교 다니던 시절, 시를 공부하면서 이 시를 읽었다. 마음이 짠했다. 나에게 없는 누님이 많이 그리웠고 또 보고 싶었다. 육친의 상실을 동백꽃에 빗대어 썼다. 그것도 빨간 동백꽃.

이런 때는 빨간색도 슬픔이고 절망이다. 무심히 발을 뻗고 투정하며 우는 아이처럼 마음을 턱 내려놓고 썼다. 절창이다. 동백꽃으로 시작하여 동백꽃으로 끝나는데 그 안에 온갖 슬픔이 뱀처럼 또아리를 틀었다.

민들레의 영토

기도는 나의 음악
가슴 한복판에 꽂아 놓은
사랑은 단 하나의
성스러운 깃발

태초부터 나의 영토는
좁은 길이었다 해도
고독의 진주를 캐며
내가
꽃으로 피어나야 할 땅

애처로이 쳐다보는
인정의 고움도
나는 싫어

바람이 스쳐가며
노래를 하면
푸른 하늘에게
피리를 불었지

태양에 쫓기어
활활 타다 남은 저녁 노을에
저렇게 긴 강이 흐른다

노오란 내 가슴이
하얗게 여위기 전
그이는 오실까

당신의 맑은 눈물
내 땅에 떨어지면
바람에 날려 보낼
기쁨의 꽃씨

흐려오는
세월의 눈시울에
원색의 아픔을 씻는
내 조용한 숨소리

보고 싶은 얼굴이여

이해인

일단은 연가풍이다. 사랑하는 누군가를 위해 두 손 모아 기도하고 가슴 깊이 새기는 연모를 담았다. 하지만 '기도'라는 시의 첫 단어가 심상치 않고 중간중간 어른거리는 심상 또한 예사로운 것이 아니다.

그렇지. 시를 쓴 사람이 수녀 신분이란 걸 알게 되면 해답은 대번에 나온다. 수녀인 분이 그의 종교적 대상인 신에게 바치는 경건한 간구와 기도가 바로 이 시다. 아무려면 어떠랴. 시를 읽는 사람은 독자들이다.

독자들이 인간적인 사랑과 연모를 느꼈다면 그 또한 말릴 수 없는 일이다. 시인에겐 후기에 쓴 좋은 시, 세련된 시들이 많다. 하지만 나는 첫 시집의 제목인 이 시가 좋다. 시인의 청순한 자화상처럼 읽혔기 때문이다.

우울한 샹송

우체국에 가면
잃어버린 사랑을 찾을 수 있을까
그곳에서 발견한 내 사랑의
풀잎되어 젖어 있는
비애를
지금은 혼미하여 내가 찾는다면
사랑은 또 처음의 의상으로
돌아올까

우체국에 오는 사람들은
가슴에 꽃을 달고 오는데
그 꽃들은 바람에
얼굴이 터져 웃고 있는데
어쩌면 나도 웃고 싶은 것일까
얼굴을 다치면서라도 소리내어
나도 웃고 싶은 것일까

사람들은
그리움을 가득 담은 편지 위에

애정의 핀을 꽂고 돌아들 간다
그때 그들 머리 위에서는

꽃불처럼 밝은 빛이 잠시
어리는데
그것은 저려오는 내 발등 위에
행복에 찬 글씨를 써서 보이는데
나는 자꾸만 어두워져서
읽질 못하고,

우체국에 가면
잃어버린 사랑을 찾을 수 있을까
그곳에서 발견한 내 사랑의
기진한 발걸음이 다시
도어를 노크
하면,
그때 나는 어떤 미소를 띠어
돌아온 사랑을 맞이할까

이수익

우체국을 소재로 쓴 시라면 청마 유치환 시인의 「행복」과 바로 이 작품이다. 다같이 사랑을 담보로 하고 있으며 그 느낌이 애잔하고 말랑말랑하다. 마음을 내가 모르는 미지의 세상으로 데리고 간다. 읽으면 그냥 시의 언어들이 편하게 자연스럽게 입술에 따라붙는다. 나더러 한국시 가운데에서 낭송하기 좋은 시 한 편을 찾으라면 이 시를 이야기하겠다. 승화라는 것이 있다면 또 이런 문장을 통해 서일 것이다.

'우체국에 가면/ 잃어버린 사랑을 찾을 수 있을까' 막연한 동경과 사랑. 누군가 청춘의 방황과 목마름이 아직도 서성이고 있을 것만 같은 공간. 나는 지금도 그것을 찾으러 우편물을 평계 삼아 가끔 우체국에 간다.

낙화

가야 할 때가 언제인가를
분명히 알고 가는 이의
뒷모습은 얼마나 아름다운가.

봄 한철
격정을 인내한
나의 사랑은 지고 있다.

분분한 낙화……
결별이 이룩하는 축복에 싸여
지금은 가야 할 때,

무성한 녹음과 그리고
머지않아 열매 맺는
가을을 향하여

나의 청춘은 꽃답게 죽는다.

헤어지자

섬세한 손길을 흔들며
하롱하롱 꽃잎이 지는 어느 날

나의 사랑, 나의 결별,
샘터에 물 고이듯 성숙하는
내 영혼의 슬픈 눈.

이형기

세상에는 돌출적인 인물이 더러 있다. 그들을 우리는 '천재'라고 부른다. 이형기 시인도 시인들 나라에서는 천재 가운데 한 분이다. 고등학교 시절, 17세 나이에 시인으로 등단(1950년《문예》추천)했다는 기록이다.

무릇 좋은 시에는 신이 주신 문장, 영혼의 울림이 있는 문장이 들어 있기 마련인데 이 시의 첫 문장 '가야 할 때가 언제인가를/ 분명히 알고 가는 이의/ 뒷모습은 얼마나 아름다운가'가 바로 그것이다.

이렇듯 좋은 시는 우리들 삶에 지침을 준다. 맑지 않은 인생. 고달프기만 하고 평온하지 않은 인생. 그런 인생의 한가운데서라도 맑은 인생을 꿈꾸게 하고 평온을 가슴에 안게 한다. 여릿여릿 어지럽게 걸어온 나의 지난날. 이 한 편의 시가 나와 동행했다는 것을 이제 와 새삼 가슴에 감사함으로 안다.

그리하여 어느 날, 사랑이여

한 순갈의 밥, 한 방울의 눈물로
무엇을 채울 것인가,
밥을 눈물에 말아먹는다 한들.

그대가 아무리 나를 사랑한다 해도
혹은 내가 아무리 그대를 사랑한다 해도
나는 오늘의 닭고기를 씹어야 하고
나는 오늘의 눈물을 삼켜야 한다.
그러므로 이젠 비유로써 말하지 말자.
모든 것은 콘크리트처럼 구체적이고
모든 것은 콘크리트 벽이다.
비유가 아니라 주먹이며,
주먹의 바스라짐이 있을 뿐,

이제 이룰 수 없는 것을 또한 이루려 하지 말며
헛되고 헛됨을 다 이루었도다고도 말하지 말며

가거라, 사랑인지 사람인지,
사랑한다는 것은 너를 위해 죽는 게 아니다.

사랑한다는 것은 너를 위해
살아,
기다리는 것이다,
다만 무참히 꺾여지기 위하여.

그리하여 어느 날 사랑이여,
내 몸을 분질러다오,
내 팔과 다리를 꺾어

네

꽃
병
에

꽂
아
다
오

최승자

섬뜩하다. '내 몸을 분'지르고 '내 팔과 다리를 꺾어' 너의 꽃병에 꽂아달라니! 멕시코의 전설적인 화가 프리다 칼로의 그림을 보는 듯하다. 사랑을 노래하되 이처럼 강렬하게 노래하는 사랑도 있다니 놀라운 일이다.

인간 사랑의 허구성, 잔인성을 이런 방식으로 노래하고 있음이다. 나 같은 사람은 평생 사랑의 시를 쓰면서도 한결같이 망설이고 중얼거리고 어딘가 미진한 발언만을 일삼고 있는데도 말이다.

이 시인이 지향하는 건 견고함이다. 콘크리트처럼 건물 속에 들어 있는 철근처럼 변함없는. 왜 그럴까? 우리들 삶과 사랑의 가변성, 그 모순을 이미 보았고 절망했고 그러고서도 인내해야 하기 때문일 터이다.

봄길

길이 끝나는 곳에서도
길이 있다
길이 끝나는 곳에서도
길이 되는 사람이 있다
스스로 봄길이 되어
끝없이 걸어가는 사람이 있다
강물은 흐르다가 멈추고
새들은 날아가 돌아오지 않고
하늘과 땅 사이의 모든 꽃잎은 떨어져도
보라
사랑이 끝난 곳에서도
사랑으로 남아 있는 사람이 있다
스스로 사랑이 되어
한없이 봄길을 걸어가는 사람이 있다

정호승

정호승 시인에게는 대중들로부터 사랑받는 시들이 많다. 「이별 노래」, 「새벽 편지」, 「서울 예수」, 「수선화에게」 등 내가 기억하는 시들도 여러 편이다. 그런 가운데 내가 가장 좋아하는 시는 바로 이 시「봄길」이다.

따뜻하고 정겹다. 부드러운 마음의 손을 내밀어준다. 사람 마음을 쓰다듬어 주고 위로를 주고 축복을 준다. 이만한 시의 덕성이 흔하지 않다. 세상에는 까닭이 없는 것이 없다. 그러기에 독자들이 많은 것이다.

모름지기 시의 문장이란 세상 사람들에게 도움을 주고 축복을 주고 유용한 가치가 되어야 한다는 것을 그의 시들은 가르쳐주고 있다. 조용한 웅변이고 훈계다. 힘든 세상살이에 이만큼 좋은 동행이 흔치 않다.

선운사에서

꽃이
피는 건 힘들어도
지는 건 잠깐이더군
골고루 쳐다볼 틈 없이
님 한번 생각할 틈 없이
아주 잠깐이더군

그대가 처음
내 속에 피어날 때처럼
잊는 것 또한 그렇게
순간이면 좋겠네

멀리서 웃는 그대여
산 넘어 가는 그대여

꽃이
지는 건 쉬워도
잊는 건 한참이더군
영영 한참이더군

최영미

그 허무한 뒷모습이라니! 동백꽃은 다른 꽃과 달라 그 꽃이 질 때 사람 마음을 아프게 한다. 꽃잎이 하나씩 흩어져서 지는 것도 아니고 그 자리에서 고스라져(메말라서) 지는 것도 아니다. 통째로 진다.

뚝. 그만 저 자신의 모가지를 꺾어버리고 만다. 이 점에 시인은 주목을 한 것이리라. 몇 계절을 애쓰고 노력한 나머지 꽃인데 동백꽃은 그렇게 단호히 자신을 내려놓고 만다. 이러한 감탄이 이 시를 낳게 했다.

동백꽃에 비해 인간의 이별은 너무나도 꼬질꼬질 치사하고 성가시다. 동백꽃의 그 서슴없는 낙하와 깨끗한 망각을 배우자는 것이다. 그런데 정작 시인은 선운사 동백꽃을 실지로 보지 못한 채 이 시를 썼다고 한다.

봄, 무량사

무량사 가자시네 이제 스물 몇 살의 기타 소리 같은 남자
무엇이든 약속할 수 있어 무엇이든 깨도 좋을 나이
겨자같이 싱싱한 처녀들의 봄에
십 년도 더 산 늙은 여자에게 무량사 가자시네
거기 가면 비로소 헤아릴 수 있는 게 있다며

늙은 여자 소녀처럼 벚꽃나무를 헤아리네
흰 벚꽃들 지지 마라, 차라리 얼른 져버려라, 아니,
아니 두 발목 다 가볍고 길게 넘어져라
금세 어둡고 추워질 봄밤의 약속을 내 모르랴

무량사 끝내 혼자 가네 좀 짧게 자른 머리를 차창에
기울이며 봄마다 피고 넘어지는 벚꽃과 발목들의 무량
거기 벌써 여러 번 다녀온 늙은 여자 혼자 가네

스물 몇 살의 처녀, 오십도 넘은 남자에게 무량사 가자
가면 헤아릴 수 있는 게 있다 재촉하던 날처럼

김경미

100

주인공의 생각과 행동이 오락가락한다. 시간도 오락가락. 그러면서 조금은 어지러운 듯 환상을 만들어낸다. 연한 보랏빛이다.

아, 저 여자. 젊어서 한 차례, 누군가와 충남의 부여 산골에 있는 무량사란 절에 가본 일이 있었나 보다. 남한 제일의 토불土佛이 모셔진 절. 절 이름이 무량無量인 절.

도대체 무엇이 무량이란 말인가? 시간이 그렇단 말인가? 사랑이 그렇단 말인가? 인생이 그렇단 말인가? 결국은 그 여자 혼자서 무량사 간다. 끝내 인생이란 그런 것이다.

보내놓고

봄비 속에
너를 보낸다.

쑥순도 파아라니
비에 젖고

목매기 송아지가
울며 오는데

멀리 돌아간 산 구빗길
못 올 길처럼 슬픔이 일고

산비
구름 속에 조으는 밤

길처럼 애달픈
꿈이 있었다.

황금찬

소년의 시다. 설렘이 있고 아픔이 있다. 사랑하는 사람을 멀리 떠나보낸 것이 분명하다. 이별은 아프다. 견디기 힘들다. 그래도 견뎌야 한다. 이런 순간을 우리는 살면서 얼마나 많이 겪었을까.

삶의 순간, 순간들이 모두가 이별이었다. 슬픔이었다. 그 슬픔을 딛고 봄이 오고 가을이 오고 풀잎은 또 새파랗게 순이 나서 자란다. 그러므로 초록과 풀잎과 나무의 순은 슬픔의 누이들이다. 선물이다. 사람도 하나의 자연. 언제나 마음을 바꾸지 않는 자연이 있기로 우리 인간은 덜 불행하고 덜 서럽고 덜 무너지는 존재가 될 수 있다. 다시금 시작할 수 있는 마음의 힘을 얻는다. 이별은 또 다른 출발이고 만남이다.

초혼 招魂

산산이 부서진 이름이여!
허공 중에 헤어진 이름이여!
불러도 주인 없는 이름이여!
부르다가 내가 죽을 이름이여!

심중에 남아 있는 말 한 마디는
끝끝내 마저 하지 못하였구나.
사랑하던 그 사람이여!
사랑하던 그 사람이여!

붉은 해는 서산 마루에 걸리었다.
사슴의 무리도 슬피 운다.
떨어져 나가 앉은 산 위에서
나는 그대의 이름을 부르노라.

설움에 겹도록 부르노라.
설움에 겹도록 부르노라.
부르는 소리는 비껴 가지만
하늘과 땅 사이가 너무 넓구나.

선 채로 이 자리에 돌이 되어도
부르다가 내가 죽을 이름이여
사랑하던 그 사람이여
사랑하던 그 사람이여

김소월

초혼招魂이란 죽은 사람의 혼백을 부르는 행위를 말한다. 일단은 한 사람이 죽고 살아남은 한 사람이 망자亡者의 혼을 애타게 부르고 있는 구도다. 왜인가? 사랑하던 사람이라 그러하고 그 사랑이 차마 아직도 끝나지 않았음으로서 그러하다. 이것이 육신과 영혼이 나누어지는 애달픈 갈림길이다.

이것은 차라리 통곡이요 몸부림. 이처럼 격정적인 운문의 문장이 어디 더 있을까! 살면서 나는 '이적지' 이토록 처절한 시의 문장을 더 만난 일이 없다.

세월이 가면

지금 그 사람 이름은 잊었지만
그 눈동자 입술은
내 가슴에 있어

바람이 불고
비가 올 때도
나는 저 유리창 밖
가로등 그늘의 밤을 잊지 못하지

사랑은 가고
과거는 남는 것
여름날의 호숫가
가을의 공원

그 벤치 위에
나뭇잎은 떨어지고
나뭇잎은 흙이 되고
나뭇잎에 덮여서
우리들 사랑이 사라진다 해도

지금 그 사람 이름은 잊었지만

그의 눈동자 입술은

내 가슴에 있어

내 서늘한 가슴에 있건만

박인환

저 50년대, 한국전쟁을 치르고 황폐한 서울의 스산한 거리에서 멋
쟁이 시인으로 통했던 분이 박인환이다. 밥보다는 막걸리를 많이
마시고 술보다는 시를 더 많이 사랑했던 시절의 시인이다.

당시의 명동거리 한 술집(배우 최불암의 모친이 운영하는 술집이었다고
함)에서 몇 사람 지인들이 모여 술추렴을 하다가 그 자리에 동석했
던 사람들이 노래를 한번 지어보자 그래서 탄생한 시가 바로 이
시다.

절망적인 시대 속에서도 낭만과 인간의 최소한의 꿈을 잃지 않으
려는 안쓰러운 마음의 파동이 절로 느껴지는 시다. 이런 멋스러움
과 여유 속에서 인생은 잠시 시름을 놓고 아름다움을 꿈꾸어도 좋
으리라.

사소한 것에서 원대한 것을 본다

하나의 발견이고 삶의 찬가, 기쁨이다

사람은 저마다 자기 자신 앞에 무릎을 꿇는다

3

인생의 한낮이
지나갈 때

방문객

사람이 온다는 건
실은 어마어마한 일이다.
그는
그의 과거와
현재와
그리고
그의 미래와 함께 오기 때문이다.
한 사람의 일생이 오기 때문이다.
부서지기 쉬운
그래서 부서지기도 했을
마음이 오는 것이다―그 갈피를
아마 바람은 더듬어 볼 수 있을
마음,
내 마음이 그런 바람을 흉내낸다면
필경 환대가 될 것이다.

정현종

좋은 시는 한 줄의 문장으로 사람을 압도한다. 이 시도 그렇다. '사람이 온다는 건/ 실은 어마어마한 일이다.' 이 얼마나 평범하면서도 비범한 문장인가. 이에 더하여 이런 문장은 어떤가!

'그의 과거와/ 현재와/ 그리고/ 그의 미래와 함께 오기 때문이다. / 한 사람의 일생이 오기 때문이다.' 좋은 시, 좋은 문장은 막강한 힘을 갖는다. 사람의 마음을 바꾸고 그들의 삶을 바꾼다.

이 시가 바로 그런 시이다. 이런 문장을 읽으면서 사람들은 얼마나 자신의 정체성을 찾으려고 애썼으며 스스로를 위로했으며 또 자신에게 용기와 축복을 주고자 했을까. 그만큼 좋은 시의 문장은 힘이 세다.

9월도 저녁이면

9월도 저녁이면 바람은 이분쉼표로 분다
괄호 속의 숫자놀이처럼
노을도 생각이 많아 오래 머물고
하릴없이 도랑 막고 물장구치던 아이들
집 찾아 돌아가길 기다려 등불은 켜진다
9월도 저녁이면 습자지에 물감 번지듯
푸른 산그늘 골똘히 머금는 마을
빈집의 돌담은 제풀에 귀가 빠지고
지난여름은 어떠했나 살갗의 얼룩 지우며
저무는 일 하나로 남은 사람들은
묵묵히 밥상 물리고 이부자리를 편다
9월도 저녁이면 삶이란 죽음이란
애매한 그리움이란
손바닥에 하나 더 새겨지는 손금 같은 것
지난여름은 어떠했나
9월도 저녁이면 죄다 글썽해진다.

강연호

점점 계절의 강물을 건너기가 힘겹다. 그만큼 자연의 형편이 모질어졌다는 얘긴데 그런 만큼 여름을 보내고 9월을 맞는 감회는 해마다 새롭다.

아, 드디어 도착했구나, 그런 안도가 있다. 치유의 계절, 9월에 우리 모두 스스로를 돌아보고 주변을 살피면서 두루 달래고 가꾸는 마음이 있었으면 좋겠다. 보다 많이 자신을 사랑하고 자신을 아끼는 마음이 있었으면 좋겠다.

기나긴 장마와 더위와 질병, 그리고 태풍의 터널을 통과하여 만나게 되는 9월. 사나워질 대로 사나워지고 구겨질 대로 구겨진 마음을 달래주고 위로해주고 쓰다듬어주는 이런 문장이라도 있어서 참 고맙다.

도봉 道峰

산새도 날아와
우짖지 않고,

구름도 떠가곤
오지 않는다.

인적 끊인 곳
홀로 앉은

가을 산의 어스름

호오이 호오이 소리 높여
나는 누구도 없이 불러 보나,

울림은 헛되이
빈 골 골을 되돌아 올뿐

산 그늘 길게 늘이며
붉게 해는 넘어 가고

황혼과 함께
이어 별과 밤은 오리니,

생은 오직 갈수록 쓸쓸하고,
사랑은 한갓 괴로울 뿐.

그대 위하여 나는, 이제도 이,
긴 밤과 슬픔을 갖거니와,

이 밤을 그대는, 나도 모르는
어느 마을에서 쉬느뇨?

박두진

청록파 시인 가운데 한 분인 박두진 시인. 이분의 시는 목소리가 크고 격앙된 가운데 큰 주제를 담고 있는 시가 많다. 때로는 사변적이고 종교적인 쪽으로도 기울고 있는 시들이다.

하지만 나는 '도봉'과 같이 생활을 소재로 한 시가 좋았다. 어쩌면 나의 이야기를 담은 것 같아서 친숙하게 느껴지기도 했지만 많은 위로를 받았던 것도 사실이다.

결국은 시라는 글이 그런 것이다. '생은 오직 갈수록 쓸쓸하고,/사랑은 한갓 괴로울 뿐.' 이런 작은 문장 하나에도 힘을 얻고 새로운 날들을 소망하던 날들이 내게는 분명히 있었다.

감

이 맑은 가을 햇살 속에선
누구도 어쩔 수 없다
그냥 나이 먹고 철이 들 수밖에는

젊은 날
떫고 비리던 내 피도
저 붉은 단감으로 익을 수밖에는 ─.

허영자

―――

하나의 선언과 같은 문장이다. 선언은 그 이전과 이후를 갈라놓는
말씀. 돌아갈 수 없다. 그 자신이 독립이다. '누구도 어쩔 수 없다.'
그 절망 같은 희망 같은 선언. 가슴이 꽉 막히도록 좋았다.

철들자. 익어가자. 떫은 감이 익어가듯 인생이 익어가고 사랑도 익
어가게 하자. 가을이 하시는 말씀이다. 실은 철이 없던 시절, 이런
문장이 사무치게 그리웠다. 이러한 간결. 이러한 우아함.

보아라, 저 흐트러짐 없는 마음의 옷매무새. 은빛 언덕에 나부끼는
억새꽃 춤이여. 청춘이여. 누구나 그렇게 떫고 서투른 시절이 있었
다. 빨리 벗어나고 싶었지. 그러나 지나고 보니 그 시절이 가장 좋
은 시절이었다.

바람 부는 날

오늘따라 바람이
저렇게 쉴 새 없이 설레고만 있음은
오늘은 내가
내게 있는 모든 것을 여의고만 있음을
바람도 나와 함께 안다는 말일까.

풀잎에
나뭇가지에
들길에 마을에
가을날 잎들이 말갛게 쓸리듯이
나는 오늘 그렇게 내게 있는 모든 것을
여의고만 있음을
바람도 나와 함께 안다는 말일까.

아 지금 바람이
저렇게 못 견디게 설레고만 있음은
오늘은 또 내가
내가 잃은 모든 것을 되찾고 있음을
바람도 나와 함께 안다는 말일까.

박성룡

맑고 깊고 푸른 심성을 시로 쓴 시인 박성룡. 한 시절 한국 시단엔 '쓰리 박'이란 말이 있었다. 박재삼, 박성룡, 박용래를 이르는 말이었다. 그만큼 그 세 사람의 박씨 성을 가진 시인들은 좋은 시를 썼다는 얘기다.

현실의 삶이나 주장에 초연한 듯하면서 사물과 세상의 삶에 무심하지 않은 박성룡 시인의 시가 좋았다. 어느 시를 읽든지 초록빛 물감이 입 속을 통해 전신에 번지는 듯했다.

이 또한 시가 주는 묘한 효과와 어쩌면 조용한 흥분 같은 것. 나 아닌 나로 바꾸는 순간. 시는 그렇게 최면의 효과가 있다. 이 시를 읽고 푸른 잎처럼 되어보는 것은 매우 즐거운 일이고 유익한 일이다.

남으로 창을 내겠소

남으로 창을 내겠소
밭이 한참갈이
괭이로 파고
호미로 풀을 매지요.

구름이 꼬인다 갈 리 있소
새 노래는 공으로 들으랴오
강냉이가 익걸랑
함께 와 자셔도 좋소.
왜 사냐 건
웃지요.

김상용

자칫 현실도피로 읽을 수 있는 글이다. 그러나 그건 하나만 알고 둘은 모르는 처사다. 인생에는 공식이 없고 정답이 없는 법. 나름대로 잘 살면 되는 것이다.

유유자적, 자연을 벗 삼아 한가함을 사랑하며 사는 삶이다. 그런 삶을 살겠다는 각오요 지향이다. 요즘처럼 번잡한 세상일수록 이런 삶의 태도가 더욱 우리에게 실감 있게 다가온다.

내가 가는 방향과 같지 않다고 하여 그 사람의 인생을 비난하지 말 일이다. 나는 나이고 너는 너이다. 다른 사람의 인생을 인정해 줄 때 내 인생도 너그러워진다. 그것은 틀린 것이 아니고 다른 것이다.

빈집

개 한 마리

감나무에 묶여

하늘 본다

까치밥 몇 개가 남아 있다

새가 쪼아먹은 감은 신발

바람이 신어 보고

달빛이 신어 보고

소리 없이 내려와

불빛 없는 집

등불

겨울밤을

감나무에 묶여

앞발로 땅을 파며 김칫독처럼

운다, 울어서

등을 말고 웅크리고 있는 개는

불씨

감나무 가지에 남은 몇 개의 이파리

흔들리며 흔들리며

새처럼 개의 눈에 아른거린다

주인이 놓고 간
신발들
빈집을 녹인다
긴 겨울밤.

박형준

한 폭의 그림 같은 작품이다. 시인은 풍경 밖에서 안을 들여다보되 간섭을 하지 않는다. 사물들이 있는 그대로 있도록 의도적으로 방치한다. 자연을 자연 그대로 손상하지 않고 보고자 하는 시인의 꿈이다.

시인의 눈길이 스치면 자연은 그냥 그대로 자연이 아니고 인격을 갖춘 자연이 된다. 바로 의인법을 말함이다. 자연이 인간이 되고 인간이 또 자연이 되는 이러한 오묘는 시가 아니면 가능하지 못한 세계. 분명 버려진 풍경이지만 시인에 의해 따스한 풍경, 정겨운 세상으로 다시 태어난다. 그러므로 모든 사물은 시의 문장 안에서 독립적으로 존재하면서 상호 협동하고 하나의 그림을 이룬다. 아름다운 세상이다.

그냥

엄만
내가 왜 좋아?

그냥…….

넌 왜
엄마가 좋아

그냥…….

문삼석

평화요 사랑이요 아름다움이다. 길게 어렵게 말할 것도 없다. '그냥'이란 두 음절 속에 모든 것이 이미 들어있다.

세상에서 가장 좋은 관계인 엄마와 자식 사이. 그 사이에 무엇이 더 필요하단 말인가? 사랑이란 말도 정성이란 말도 감사란 말도 이미 물려야 할 일이다.

그냥이다. 그냥 엄마와 자식이다. 그대로 자연이고 그대로 세상이고 그대로 우주 전체인 것이다. 더 이상 말을 보탠다면 그것은 췌사贅辭 가운데서도 하급의 췌사가 된다.

산에 언덕에

그리운 그의 얼굴 다시 찾을 수 없어도
화사한 그의 꽃
산에 언덕에 피어날지어이.

그리운 그의 노래 다시 들을 수 없어도
맑은 그 숨결
들에 숲속에 살아갈지어이.

쓸쓸한 마음으로 들길 더듬는 행인아.

눈길 비었거든 바람 담을지네.
바람 비었거든 인정 담을지네.

그리운 그의 모습 다시 찾을 수 없어도
울고 간 그의 영혼
들에 언덕에 피어날지어이.

신동엽

'금강의 시인'이란 말을 듣는 시인이다. 시인의 장시 「금강」으로 해서 생긴 이름이다. 치렁치렁하고 유려한 시풍이다. 차라리 설화를 담고 흘러가는 시이다.

하지만 이 시만은 다르다. 아담하고 고즈넉하다. 오래된 옛 마을에 혼자서 들어선 느낌이다. 어디선가 아는 사람이라도 나와서 악수라도 청할 듯한 분위기.

그러기에 이 시는 부여의 금강 변 나성지에 세워진 시인의 시비에 새겨진 시다. 시인이 돌아가고 나서 서둘러 시인의 지인과 제자들이 푼돈을 모아 세운 조촐한 시비다. 많은 참배객들이 시인을 찾아온다.

봄

기다리지 않아도 오고
기다림마저 잃었을 때에도 너는 온다.
어디 뻘밭 구석이거나
썩은 물 웅덩이 같은 데를 기웃거리다가
한눈 좀 팔고, 싸움도 한판 하고,
지쳐 나자빠져 있다가
다급한 사연 들고 달려간 바람이
흔들어 깨우면
눈 부비며 너는 더디게 온다.
더디게 더디게 마침내 올 것이 온다.
너를 보면 눈부셔
일어나 맞이할 수가 없다.
입을 열어 외치지만 소리는 굳어
나는 아무것도 미리 알릴 수가 없다.
가까스로 두 팔을 벌려 껴안아 보는
너, 먼 데서 이기고 돌아온 사람아.

이성부

해마다 봄이 되면 젤 먼저 생각나고 한두 번 꺼내어 읽는 시가 바로 이 시다. 씩씩하고 시원시원하다. 용기를 준다. 황사나 꽃샘추위로 찌푸리면서 봄의 강물을 건널 때도 이 시 하나면 충분히 위로가 되었다.

시 전체가 감동. 가슴이 벅차다. 가령 이런 구절. '기다리지 않아도 오고/ 기다림마저 잃었을 때에도 너는 온다.' 그다음으로도 많다. '눈 부비며 너는 더디게 온다./ 더디게 더디게 마침내 올 것이 온다.' '가까스로 두 팔을 벌려 껴안아 보는/ 너, 먼 데서 이기고 돌아온 사람아.' 일당백의 시다.

봄은 고양이로다

꽃가루와 같이 부드러운 고양이의 털에
고운 봄의 향기가 어리우도다.

금방울과 같이 호동그란 고양이의 눈에
미친 봄의 불길이 흐르도다.

고요히 다물은 고양이의 입술에
포근한 봄 졸음이 떠돌아라.

날카롭게 쭉 뻗은 고양이의 수염에
푸른 봄의 생기가 뛰놀아라.

이장희

생전에 자주 만났고 가까이 따랐던 박용래 시인은 당신이 좋아하던 선배 시인들의 시를 말해주었다. 어떤 시는 줄줄이 외우기도 했다. 그런 시인 가운데 한 사람이 이장희 시인이다.

숫제 시를 줄줄이 외우고 있었다. 나아가 박용래 시인은 이장희 시인의 아호인 '고월'이란 말을 자신의 시 작품 안에 차용해 넣기까지 했다. 하지만 이장희 시인은 시집 한 권이 안 될 정도로 시의 편수가 많지 않은 시인이다.

사정이 그렇다 해도 그의 시들은 편편이 눈부시다. 천재성을 발휘하고 있다. 특히 위의 시가 그렇다. 매우 감각적이고 예각적이다. 과장도 꾸밈도 없이 단도직입으로 사물 안으로 들어가 본질을 잡아낸다. 날렵한 사냥꾼마냥.

한낮에

영嶺 넘어
구름이 가고

먼 마을 호박잎에
지나가는 빗소리

나비는 빈 마당 한 구석
조으는 꽃에

울 넘어
바다를 잊어

흐르는 천년이 환한 그늘 속 한낮이었다.

이철균

이철균 시인. 전주에서 살다 세상을 떠난 시인. 그러나 시를 쓰는 사람들도 그의 이름이나 행적을 기억하는 사람은 그다지 많지 않을 것이다. 생전에 개인 시집 한 권 내지 못하고 사후에 유고시집이 나왔을 뿐이니까.

그만큼 적적한 일생을 사신 분이다. 그렇지만 나는 이분의 시 「한낮에」를 읽는 행운을 가졌다. 그냥 좋았다. 그래서 이 시는 내가 평생 가슴에 안고 사는 시가 되었다. 요즘 사람 표현대로라면 '꽂혔다'가 될 것이다.

유현함이 좋았다. 공자님 표현대로라면 '교언영색巧言令色'이 없음이다. 미사여구를 전혀 쓰지 않고 과장이 없음에도 모든 것을 솔직하고 과감히 말해주고 있다. 이런 시 한 편으로도 시인의 일생은 충분하다.

달, 포도, 잎사귀

순이, 벌레 우는 고풍한 뜰에
달빛이 밀물처럼 밀려 왔구나

달은 나의 뜰에 고요히 앉아 있다
달은 과일보다 향그럽다

동해바다 물처럼
푸른
가을
밤.

포도는 달빛이 스며 고웁다.
포도는 달빛을 머금고 익는다.

순이, 포도넝쿨 밑에 어린 잎새들이
달빛에 젖어 호젓하고나!

장만영

매우 사랑스런 시인이다. 일찍이 황해도 연백에서 부유한 집안의 외아들로 태어나 김억에게 시를 배웠고 김기림, 신석정과 교유하면서 한평생 시를 썼다. 전형적인 로맨티스트. 그러나 정서는 도회적이었다.

위의 시가 바로 그 도시인의 눈으로 보고 느끼는 자연의 풍광이다. 그대로 한 장의 그림엽서. 흔히들 시인의 시를 애상적이라 말하기도 하지만 이 시만은 전혀 그렇지 않다. 감정이 적정 수준 절제되어 있다.

마음이 멀리 간다. 한 번도 가보지 못한 곳으로 가서 한 번도 만나지 못한 것들을 보고 듣게 한다. 기교적이지만 기교가 눈에 거슬리지 않는다. 청소년 시절, 이 시는 내 마음의 길잡이 가운데 한 편이었다.

시월에

오이는 아주 늙고 토란잎은 매우 시들었다

산 밑에는 노란 감국화가 한 무더기 헤죽, 헤죽 웃는다 웃
음이 가시는 입가에 잔주름이 자글자글하다
꽃빛이 사그라들고 있다

들길을 걸어가며 한 팔이 뺨을 어루만지는 사이에도 다른
팔이 계속 위아래로 흔들리며 따라왔다는 걸 문득 알았다

집에 와 물에 찬밥을 둘둘 말아 오물오물거리는데 눈구멍
에서 눈물이 돌고 돌다

시월은 헐린 제비집 자리 같다
아, 오늘은 시월처럼 집에 아무도 없다

문태준

오종종하지 않고 시원시원하다. 말씨가 그렇고 언어의 바닥에 깔린 분위기가 그렇다. 필시 시를 쓴 시인의 마음이 그렇다는 것일 것이다. 선하고 부드럽고 맑은 무늬가 보인다.

젊은 시인의 어법인데 의젓하고 어른스럽다. 나를 가르친다. 마음을 서느럽게 해준다. 하나의 정화이고 청소다. 시의 고급 기능이 여기에 있다. 마음의 찌꺼기, 구겨진 마음을 펼쳐준다.

인간의 마음은 본래는 깨끗하고 맑은 것이었는데 이럭저럭 살다 보니 후질러지고 더러워졌다. 이것을 빨아야 한다. 마음을 빠는 데 가장 효과적인 방법이 바로 시를 읽는 일이다.

의자

병원에 갈 채비를 하며
어머니께서
한 소식 던지신다

허리가 아프니까
세상이 다 의자로 보여야
꽃도 열매도, 그게 다
의자에 앉아 있는 것이여

주말엔
아버지 산소 좀 다녀와라
그래도 큰애 네가
아버지한테는 좋은 의자 아녔냐

이따가 침 맞고 와서는
참외밭에 지푸라기도 깔고
호박에 똬리도 받쳐야겠다
그것들도 식군데 의자를 내줘야지

싸우지 말고 살아라

결혼하고 애 낳고 사는 게 별 거냐

그늘 좋고 풍경 좋은 데다가

의자 몇 개 내놓는 거여

이정록

시는 누군가 말씀을 주시는 분이 있어 그분의 말씀을 받아 내리는 문장이다. 아니면 마음속 깊은 곳, 어쩌면 영혼의 그 어디쯤에서 솟구쳐 오르는 문장이기도 하다. 그걸 공손히 받들어 쓰는 것이 시다.

그건 「의자」를 보아도 알 수 있다. 첫 문장이 바탕글이고 그다음부터는 대화문이다. 어머니의 말씀이시다. 구구절절이 아름답고 진실한 말씀을 하신다. 그걸 시인이 받들어 글자로 바꾼 것이다.

진짜로 시인은 시인의 어머님이신지 모른다. 그렇게 시는 시인 밖에도 있다. 그러기에 시인 엘리엇은 이런 말을 하기도 했다. '위대한 시인은 훔치고 졸렬한 시인은 빌린다.' 내가 평소 좋아하는 말이다.

항아리

크고 작은 숱한 항아리 옆
민들레가 피었다.

솔 한 그루
굽어보듯 서 있는

그림 같은
애정.

무엇이나
가득히 담아주고 싶도록

그토록 하늘마다 향한
둥그런 문.

아아
나도

항아리 옆에서 피어가는

노을이 되고 만다.

임강빈

공주에서 태어나 공부하고 대전 지역에서 살면서 시 하나만을 신앙처럼 쓰면서 살다가 세상을 떠난 시인이 바로 임강빈 시인이다. 충청도를 선비의 고장이라고 한다면 그 대표적인 인물이 또 임강빈 시인이다.

정말로 시와 인간이 닮았다. 과묵하고 그윽하고 향기롭기가 오랜 옛적의 그림 한 폭만 같다. 처음부터 그랬다. 평생 그것이 유지됐다. 이만한 일관이 드물다. 시인은 그렇게 아득한 길을 말없이 걸어갔다.

데뷔작 가운데 한 편이다. 시골집 어디서나 찾아볼 수 있는 장독대 풍경인데 그 단순한 풍경을 가지고 자신의 일생을 내다보듯 머나먼 문장을 펼쳤다. 조금은 조숙한 시혼이 심원한 세계에 청춘을 던지고 있다.

먼 길

아기가 잠드는 걸 보고 가려고
아빠는 머리맡에 앉아 계시고,
아빠가 가시는 걸 보고 자려고
아기는 말똥말똥 잠을 안 자고.

윤석중

평생, 이 땅의 어린이를 위해 글을 쓰며 살았던 윤석중 시인. 굳이
이런 시를 동시라고 한구석에 밀어놓을 이유가 없다. 좋은 것은 역
시 좋은 것이고 아름다운 것은 아름다운 것이다.

귀엽고 사랑스럽다. 보이는 대로 느끼는 그대로다. 아버지와 아기.
그들의 원초적인 인간관계. 본능적인 사랑의 세상을 그렸다. 사랑
가운데서도 육친애가 가장 근본적이고 강력한 사랑이다.

그러기에 아기는 가르쳐주지 않았어도 스스로 알게 된다. 아버지
가 누구인가, 그에게 어떻게 해야 하는가. 그러함에 아버지는 또 오
죽하랴. 아기와 아버지와 나누는 교감 속에 이 세상 가장 아름다
운 사랑이 완성된다.

해마다 봄이 되면

해마다 봄이 되면
어린 시절 그분의 말씀
항상 봄처럼 부지런해라
땅 속에서, 땅 위에서
공중에서
생명을 만드는 쉼 없는 작업
지금 내가 어린 벗에게 다시 하는 말이
항상 봄처럼 부지런해라

해마다 봄이 되면
어린 시절 그분의 말씀
항상 봄처럼 꿈을 지녀라
보이는 곳에서
보이지 않는 곳에서
생명을 생명답게 키우는 꿈
봄은 피어나는 가슴
지금 내가 어린 벗에게 다시 하는 말이
항상 봄처럼 꿈을 지녀라

오, 해마다 봄이 되면

어린 시절 그 분의 말씀

항상 봄처럼 새로워라

나뭇가지에서 물 위에서 뚝에서

솟는 대지의 눈

지금 내가 어린 벗에게 다시 하는 말이

항상 봄처럼 새로워라

조병화

조국광복이 있자마자 한국전쟁이 일어나 1950년대는 매우 스산하고 가난하고 춥고 힘든 세상이었다. 이런 모진 세상의 강물을 건너면서 멋과 여유와 낭만을 보여준 시인이 조병화 시인이다.

비록 내가 누리지는 못하는 일이지만 다른 사람이 누리는 것을 바라보는 것은 그만큼 선망이었고 언젠가는 나도 그렇게 될 수 있다는 희망이 되기도 했다. 그만큼 그 시절은 선의가 살아있던 시절이었다. 낭만의 시인에게도 이렇게 조금은 교훈적인 시가 있다. 시인이면서 대학교 교수로 살았기 때문에 그랬을 것이란 짐작이지만 실은 이 시는 시인의 어머니가 평소에 하신 말씀을 문장으로 옮긴 작품이란다.

꽃씨와 도둑

마당에 꽃이
많이 피었구나

방에는
책들만 있구나

가을에 와서
꽃씨나 가져 가야지.

피천득

수필가로 널리 알려진 피천득이란 분은 우리나라 1세대 수필가 가운데 한 사람이지만 탁월한 서정시인이기도 한 분이었다. 그러니까 수필을 쓰는 마음으로 시를 쓰고 시를 쓰는 마음으로 수필을 썼던 분이다.

그분 시 가운데 아름다운 시 한 편. 조그만 동화 같은 이야기가 들어있다. 구구한 설명이 무슨 소용이랴. 도둑도 인간이다. 도둑질 하러 왔지만 집 안에 훔쳐갈 만한 물건이 없음에 꽃씨나 훔쳐가겠다 한 그 마음.

시인의 마음이다. 시인이 그렇게 생각한 것이다. 악한 일을 앞에 두고서도 선으로 바꾸어 해석하는 시인의 지극히 선한 마음이 있기에 이 시는 잔잔한 미소와 함께 우리에게 기쁨을 선사하는 것이다. 오래도록.

시월

1

내 사랑하리 시월의 강물을
석양이 짙어가는 푸른 모래톱
지난날 가졌던 슬픈 여정들을, 아득한 기대를
이제는 홀로 남아 따뜻이 기다리리.

2

지난 이야기를 해서 무엇 하리.
두견이 우는 숲 새를 건너서
낮은 돌담에 흐르는 달빛 속에
울리던 목금木琴 소리 목금 소리 목금 소리.

3

며칠 내 바람이 싸늘히 불고
오늘은 안개 속에 찬비가 뿌렸다.
가을비 소리에 온 마음 끌림은
잊고 싶은 약속을 못다 한 탓이리.

4
아늬?
석등石燈 곁에
밤 물소리

누이야 무엇 하나
달이 지는데
밀물 지는 고물에서
눈을 감듯이

바람은 사면에서 빈 가지를
하나 남은 사랑처럼 흔들고 있다

아늬?
석등 곁에
밤 물소리.

5
낡은 단청 밖으론 바람이 이는 가을날, 잔잔히 다가오는 저녁 어스름.

며칠 내 며칠 내 낙엽이 내리고 혹 싸늘히 비가 뿌려와서…
절 뒷울 안에 서서 마을을 내려다보면 낙엽 지는 느릅나무
며 우물이며 초가집이며 그리고 방금 켜지기 시작한 등불들
이 어스름 속에서 알 수 없는 어느 하나에로 합쳐짐을 나는
본다.

6

창밖에 가득히 낙엽이 내리는 저녁
나는 끊임없이 불빛이 그리웠다.
바람은 조금도 불지를 않고 등불들은 다만 그 숱한 향수와
같은 것에 싸여가고 주위는 자꾸 어두워갔다.
이제 나도 한 잎의 낙엽으로 좀 더 낮은 곳으로, 내리고 싶다.

황동규

참 좋다. 참 좋은 서정, 좋은 문장은 사람을 울리고 사람 마음을 멀리, 좋은 곳으로 데리고 간다. 나는 그걸 믿는다. 처음부터 믿고 지금도 믿는다. 이 글도 실은 어린 시절에 만났다. 그런 뒤론 나의 틀이 되었다.

나의 《서울신문》 신춘문예 당선시의 형식이 여기서 비롯되었다. 앞에 4행시 세 편을 세우고 뒤에 긴 시 한 편을 붙이는 연작시 형태. '시월'이란 작품은 읽기만 해도 마음이 맑아지고 고요해지는 작품이다.

이러한 작품을 고등학교 2학년 때 동학사에 가서 며칠 지내면서 구상하고 대학교 1학년 때 완성했다니! 조숙한 시인, 조숙한 작품이다. 시는 오래 사는 목숨. 시인은 변해도 시는 변하지 않고 그 자리를 지킨다.

나룻배와 행인

나는 나룻배

당신은 행인

당신은 흙발로 나를 짓밟습니다

나는 당신을 안고 물을 건너갑니다

나는 당신을 안으면 깊으나 얕으나 급한 여울이나 건너갑니다

만일 당신이 아니 오시면 나는 바람을 쐬고 눈비를 맞으며

밤에서 낮까지 당신을 기다리고 있습니다

당신은 물만 건너면 나를 돌아보지도 않고 가십니다 그려

그러나 당신이 언제든지 오실 줄만은 알아요

나는 당신을 기다리면서 날마다 날마다 늙어 갑니다

나는 나룻배

당신은 행인

한용운

152

처음 이 시를 읽은 것은 열여섯 고등학교 학생일 때. 애틋한 연애 시로 읽었다. 알고 보니 승려 스님의 시. 더구나 시인은 3·1독립선 언서에 서명한 33인 가운데 한 분. 가장 선명한 독립운동가요 불교 사상가.

표면적으로는 연애시지만 스승과 제자의 도리를 담고 있고 진정으로 사랑하는 사람들의 마음과 태도를 보여주고 있다. 사랑에도 지치고 시들할 때는 이런 시를 읽으면서 마음을 달래고 위로를 받을 일이다.

이처럼 좋은 시는 적용 범위가 넓다. 자유롭고 평화롭고 향기까지 품고 있다. 저 인내를 보라. 저 지극한 기다림과 희생을 보라. 마음 이 저절로 넓어지리라. 이 시는 내 평생의 날들을 안내하는 스승이 되고 이정표가 되기에 충분했다.

떠나가는 배

나두야 간다
나의 이 젊은 나이를
눈물로야 보낼 거냐
나두야 가련다

아득한 이 항구들 손쉽게 버릴 거냐
안개같이 물어린 눈에도 비치나니
골짜기마다 발에 익은 묏부리 모양
주름살도 눈에 익은 아, 사랑하는 사람들

버리고 가는 이도 못 잊는 마음
쫓겨가는 마음인들 무어 다를 거냐
돌아다 보는 구름에는 바람이 헤살짓는다.
앞대일 언덕인들 마련이나 있을 거냐

나두야 가련다
나의 이 젊은 나이를
눈물로야 보낼 거냐
나두야 간다

박용철

154

용아 박용철. 그분은 전설적 문학의 시대,《시문학》이란 잡지를 사재를 동원하여 낸 분으로 우선 유명하다. 자신의 시집보다는 동료 시인의 시집을 먼저 내준 우정의 시인으로 또 유명하다.

정작 자신은 시집을 내지 못하고 세상을 떠난 걸로 알고 있다. 시인이 내준 동료 시인의 시집은 『영랑 시집』과 『정지용 시집』. 세상에 이토록 지극한 우정의 시인이 어디 더 있겠는가!

시인은 동료인 김영랑 시인이 전라도 억양으로 읽는 자신의 시 낭독을 그렇게 좋아했다고 한다. 바로 위에 적은 작품이다. 식민지 젊은이의 시퍼런 기개가 살아있는 듯 그 푸른 숨결이 지금도 그립다.

울음이 타는 가을강

마음도 한자리 못 앉아 있는 마음일 때,
친구의 서러운 사랑 이야기를
가을 햇볕으로나 동무삼아 따라가면,
어느새 등성이에 이르러 눈물이 나고나,

제삿날 큰집에 모이는 불빛도 불빛이지만,
해질녘 울음이 타는 가을강을 보것네

저것 봐, 저것 봐,
네보담도 내보담도
그 기쁜 첫사랑 산골 물소리가 사라지고
그다음 사랑 끝에 생긴 울음까지 녹아나고,
이제는 미칠 일 하나로 바다에 다 와 가는,
소리 죽은 가을강을 처음 보것네

박재삼

잡지사 기자의 청탁에 따라 쓰윽 써준 시라고 들었다. 그렇다. 쓰 윽. 그 쓰윽이 좋다. 시란 엄중한 문장이지만 그 탄생은 '쓰윽'에서 온다. 힘들게 쓰면 문장이나 시상이 꼬질꼬질 메말라진다.

시의 문장이든 산문 문장이든 습윤濕潤한 것이 좋다. 적당한 물기 가 있어 촉촉하면서도 윤기가 있는 문장 말이다. 이 시의 문장이 바로 그 모범이다. 시어는 또 얼마나 감칠맛이 있는가!

표준어법이 아니라 투덜대지 말았으면 좋겠다. 시에서 쓰는 언어는 시인의 사어私語 같은 것이다. 오직 하나밖에 없는 정서를 그린 언 어. 아프고 저린 인생사를 썼으되 이토록 아름답게 곱게 다루기는 일찍이 없고 앞으로도 어려운 일이라 하겠다.

아버지들로 해서

세상은 강물처럼 흘러

끝내 망하지 않았다

어머니와의 일들은 일생에서 등불이 되어준다

꺼지지 않는 영원한 불이 된다

4

눈물겹지만
세상은 아름답다

엄마가 휴가를 나온다면

하늘나라에 가 계시는
엄마가
하루 휴가를 얻어 오신다면
아니 아니 아니 아니
반나절 반 시간도 안 된다면
단 5분
그래, 5분만 온대도 나는
원이 없겠다

얼른 엄마 품속에 들어가
엄마와 눈맞춤을 하고
젖가슴을 만지고
그리고 한 번만이라도
엄마!
하고 소리 내어 불러 보고
숨겨 놓은 세상사 중
딱 한 가지 억울했던 그 일을 일러바치고
엉엉 울겠다.

정채봉

동화작가 정채봉. 아름다운 동화 『오세암』의 작가 정채봉. 그는 한편으로 시인이었다. 맑고도 따스하고 그윽한 시를 쓰는 시인이었다. 「엄마가 휴가를 나온다면」은 그런 그의 시 가운데 한 편.

어머니에 대한 시다. 그것도 돌아가신 어머니에 대한 시다. 어쩌면 작가는 매우 어렸을 때 어머니를 잃었을지도 모른다. 인간에게 모성 상실은 크나큰 시련 가운데 하나. 그걸 이기는 것이 그의 생애였으리라.

하늘나라에 계신 어머니가 세상으로 휴가 나왔으면 좋겠다는 발상도 애달프지만 '반나절 반 시간도 안 된다면/ 단 5분만' 엄마를 만나 그 가슴에 안겨보면 좋겠다는 아들의 소원은 가슴이 아프다 못해 저리다.

아비

연탄장수 울 아비
국화빵 한 무더기 가슴에 품고
행여 식을까 봐
월산동 까치고개 숨차게 넘었나니
어린 자식 생각나 걷고 뛰고 넘었나니
오늘은 내가 삼십 년 전 울 아비 되어
햄버거 하나 달랑 들고도
마음부터 급하구나
허이 그 녀석 잠이나 안 들었는지.

오봉옥

맨 처음 신재창이라는 시노래 가수가 스스로 작곡하고, 노래로 해서 알게 된 시다. 처음 듣기로도 울컥했다. '저게 누구의 시지?' 가수에게 물어서 겨우 알았다. 부끄럽지만 기뻤다.

아, 세상에 이런 시도 있었구나. 아니, 이런 아버지들도 있었구나. 처음 아버지는 연탄장수를 하면서 국화빵 한 봉지를 사 들고 까치고개를 넘어오던 시인의 아버지다.

그 아버지의 아들이 자라, 다시 아버지가 되어 이번에는 자신의 아들에게 줄 햄버거를 사 들고 밤늦게 귀가한다. 눈물겹지만 아름다운 세상. 이런 아버지들로 해서 세상은 강물처럼 흘러 끝내 망하지 않는 것이리라.

30년 전

— 1959년 겨울

어리고, 배고픈 자식이 고향을 떴다

— 아가, 애비 말 잊지 마라
가서 배불리 먹고 사는 곳
그곳이 고향이란다

서정춘

————

등단 30년 만에 첫 시집을 낼 정도로 과작으로 유명한 시인이다.
그런데 그 작품들이 또 짧아서 더욱 긴장을 요하는 시들이다. 짧지
만 할 말은 다하고, 담아야 할 내용은 다 담은 시가 바로 이 시인의
시다.

한 행으로 된 첫 연은 지문이고 두 번째 연은 대화문으로 아버지의
말씀이다. 가난하기 이를 데 없는 아버지. 그렇지만 그 아버지는 인
자하고 '자양'한 분이시다. 어린 자식을 보내는 말씀 속에 눈물이
스몄다.

입에 풀칠하며 살아남는 것이 지상 목표였던 시절, 시인이 시로 쓰기
전 30년 전. 정확하게는 1959년 가을. 지금이라고 해서 어찌 사는 일
이 널널하고 편편하기만 하겠는가. 그 아버지의 음성을 다시 듣는다.

아버지의 마음

바쁜 사람들도
굳센 사람들도
바람과 같던 사람들도
집에 돌아오면 아버지가 된다.

어린것들을 위하여
난로에 불을 피우고
그네에 작은 못을 박는 아버지가 된다.

저녁 바람에 문을 닫고
낙엽을 줍는 아버지가 된다.

세상이 시끄러우면
줄에 앉은 참새의 마음으로
아버지는 어린것들의 앞날을 생각한다.
어린것들은 아버지의 나라다 ― 아버지의 동포同胞다.

아버지의 눈에는 눈물이 보이지 않으나
아버지가 마시는 술에는 항상

보이지 않는 눈물이 절반이다.
아버지는 가장 외로운 사람이다.
아버지는 비록 영웅英雄이 될 수도 있지만…….

폭탄을 만드는 사람도
감옥을 지키던 사람도
술가게의 문을 닫는 사람도

집에 돌아오면 아버지가 된다.
아버지의 때는 항상 씻김을 받는다.
어린것들이 간직한 깨끗한 피로…….

김현승

이보다 힘찬 아버지의 찬가가 없다. 이보다 장한 아버지의 응원이 없다. 항상 강하고 힘 있는 것 같으면서도 속으로는 한없이 나약한 남자 어른. 그를 우리는 때로 아버지라 부른다.

무슨 일이든 앞장서야 하고 어떤 일이든 유능해야 하고 언제든 참아야 하고 무슨 문제든 해결해야 하는 사람. 그는 속으로는 울고 있는 사람이고 돌아서서 한숨 쉬는 사람이다.

하지만 세상에 이런 사람이 없으면 어떻게 되겠는가? 세상의 아버지들이여. 이 땅의 아버지들이여. 힘내시라. 용기를 내시라. 기죽지 마시라. 당신들의 튼튼한 이웃이 있고 동행이 있고 응원자가 있다.

길

나의 소년 시절은 은빛 바다가 엿보이는 그 긴 언덕길을 어머니의 상여喪輿와 함께 꼬부라져 돌아갔다.

내 첫사랑도 그 길 위에서 조약돌처럼 집었다가 조약돌처럼 잃어버렸다.

그래서 나는 푸른 하늘빛에 호저 때없이 그 길을 넘어 강가로 내려갔다가도 노을에 함북 자주빛으로 젖어서 돌아오곤 했다.

그 강가에는 봄이, 여름이, 가을이, 겨울이 나의 나이와 함께 여러 번 댕겨갔다. 까마귀도 날아가고 두루미도 떠나간 다음에는 누런 모래둔과 그리고 어두운 내 마음이 남아서 몸서리쳤다. 그런 날은 항용 감기를 만나서 돌아와 앓았다.

할아버지도 언제 난 지를 모른다는 동구 밖 그 늙은 버드나무 밑에서 나는 지금도 돌아오지 않는 어머니, 돌아오지 않는 계집애, 돌아오지 않는 이야기가 돌아올 것만 같아 멍하니 기다려본다. 그러면 어느새 어둠이 기어와서 내 뺨의 얼룩을 씻어준다.

김기림

부끄럽게도 나는 이 글이 김기림 시인의 것인 줄 알지 못했다. 가수 이동원 씨가 노래를 부르러 나와 시 낭송을 했을 때 처음 알았다.

더욱 부끄러운 것은 이 글이 애당초 시가 아니고 산문으로 쓰여졌다는 것을 알지 못했다. 시집에서 찾지 못한 글을 산문집에서 찾았다.

그렇지만 이 글은 빼어난 산문시다. 결코, 시인이 감정 과잉을 하지 않았는데도 글을 읽고 나면 저절로 감정 과잉이 된다. 눈물이 핑 돈다.

엄마 걱정

열무 삼십 단을 이고
시장에 간 우리 엄마
안 오시네, 해는 시든 지 오래
나는 찬밥처럼 방에 담겨
아무리 천천히 숙제를 해도
엄마 안 오시네, 배추잎 같은 발소리 타박타박,
안 들리네, 어둡고 무서워
금간 창 틈으로 고요히 빗소리
빈방에 혼자 엎드려 훌쩍거리던

아주 먼 옛날
지금도 내 눈시울을 뜨겁게 하는
그 시절, 내 유년의 윗목

기형도

누구에게나 유년의 기억은 오래간다. 오랫동안 뇌리에 남는다. 오래 남아 인생을 지배한다. 이것을 우리는 추억이라고 부른다.

추억은 하나의 힘이고 능력이다. 정서의 힘이고 마음의 고향이다. 살면서 힘든 일이 생길 때면 그 추억이 힘이 되어 갈 길을 제시하기도 하리라.

특히나 어머니와의 일들은 그의 일생에서 등불이 되어주기도 한다. 가난하고 고통스런 것일지라도 어머니란 이름과 함께 꺼지지 않는 영원한 등불이 된다.

소주병

술병은 잔에다
자기를 계속 따라주면서
속을 비워간다

빈 병은 아무렇게나 버려져
길거리나
쓰레기장에서 굴러다닌다

바람이 세게 불던 밤 나는
문 밖에서
아버지가 흐느끼는 소리를 들었다

나가보니
마루 끝에 쪼그려 앉은
빈 소주병이었다

공광규

아버지. 겉으로는 거대하고 강인해 보이지만 내면으로는 왜소하고
나약하기도 한 이름. 용두사미의 대명사.

우리는 누구나 그런 아버지의 자식이었고 때로는 또 누군가의 그
런 사람의 아버지로 살아야만 했다.

남들 앞에서는 눈물을 보일 수 없고 약한 내색을 하지 말아야 하
는 것이 불문율 같은 것이었기에 안으로만 균열이 가서 피멍이 든
이름이다.

길

아버지는 내가 법관이 되기를 원하셨고
가난으로 평생을 찌드신 어머니는
아들이 돈을 잘 벌기를 바라셨다
그러나 어쩌다 시에 눈이 뜨고
애들에게 국어를 가르치는 선생이 되어
나는 부모의 뜻과는 먼 길을 걸어왔다
나이 사십에도 궁티를 못 벗은 나를
살 붙이고 살아온 당신마저 비웃지만
서러운 것은 가난만이 아니다
우리들의 시대는 없는 사람이 없는 대로
맘 편하게 살도록 가만두지 않는다
세상 사는 일에 길들지 않은
나에게는 그것이 그렇게도 노엽다
내 사람아, 울지 말고 고개 들어 하늘을 보아라
평생에 죄나 짓지 않고 살면 좋으련만
그렇게 살기가 죽기보다 어렵구나
어쩌랴, 바람이 딴 데서 불어와도
마음 단단히 먹고

한치도 얼굴을 돌리지 말아야지

정희성

우리나라 시단에는 해방둥이 시인이 몇 사람 있다. 나도 해방둥이
지만 정희성 시인도 그 가운데 하나다. 또래인 만큼 동질감과 함께
이질감을 느낀다. 같이 시를 쓰면서도 그와 나는 서로 다른 길을
걸어왔다.

그가 사회적, 윤리적인 면에 마음을 두었다면 나는 감정적이며 개
인적인 문제에 마음을 모으며 살았다. 문면文面으로 보아 마흔 살
즈음에 쓴 글 같은데 추상같은 자기반성과 세상에 대한 노여움이
일렁인다.

가난한 사람이 마음 편히 살도록 가만두지 않는 세상에 대해서 분
노하면서 흔들리지 않게 살기 위하여 다부진 결의를 다지는 이러
한 시 앞에 나는 다만 부끄러움을 갖는다. 나는 과연 그 시절 어떤
마음으로 살았던가?

어린것

어디서 왔을까 깊은 산길

갓 태어난 듯한 다람쥐새끼

물끄러미 나를 바라보고 있다

그 맑은 눈빛 앞에서

나는 아무것도 고집할 수가 없다

세상의 모든 어린것들은

내 앞에 눈부신 꼬리를 쳐들고

나를 어미라 부른다

괜히 가슴이 저릿저릿한 게

핑그르르 굳었던 젖이 돈다

젖이 차올라 겨드랑이까지 찡해오면

지금쯤 내 어린것은

얼마나 젖이 그리울까

울면서 젖을 짜버리던 생각이 문득 난다

도망갈 생각조차 하지 않는

난만한 그 눈동자,

너를 떠나서는 아무 데도 갈 수 없다고

갈 수도 없다고

나는 오르던 산길을 내려오고 만다

하, 물웅덩이에는 무사한 송사리 떼

나희덕

내 안에 여성의 혼이라도 살아있었던 걸까? 이 시를 처음 읽고 나서 나는 왈칵 울음을 내놓을 뻔했다. 저 모정. 저 오로지 외곬의 모정. 어머니의 사랑보다 더 큰 사랑이 어디 더 있을까 보냐.

내용은 단순 명쾌하여 시인이 산길을 가다가 다람쥐를 만나 그 맑고도 순한 눈길과 마주치다가 아무것으로도 고집할 수 없는 사랑을 느꼈다는 것이요, 산길을 내려오다가 물웅덩이에 갇혀있는 한 무리의 송사리 떼를 보면서 모정이 다시금 발로되었다는 것이다.

아, 저 눈부신 모정이여. 깊고도 아름답고도 머나먼 모정이시여. 저 모정이 우리를 가시밭길 힘든 인생길을 그런대로 힘들지 않게 인도하신다. 고마우신지고, 시들지 마시라. 어머니 마음들이여.

소녀상 少女像

이 밤은
나뭇잎이 지는 밤이다

생각할수록 다가오는 소리는
네가 오는 소리다
언덕길을 내려오는 소리다

지금은
울어서는 안 된다
다시 가만히 어머니를 생각할 때다

별이 나를 내려다보듯
내가 별을 마주 서면
잎이 진다 나뭇잎이 진다

멀리에서
또 가까이서…

송영택

고등학교 다닐 때 『현대문학 추천시집』이란 책에서 처음 이름을 익힌 시인이다. 시가 예쁘고 사랑스러웠다. 소년 취향이었다. 나중에 보니 그는 독문학자로서 독일 시인들의 시를 아주 잘 번역한 번역가였다.

오랜 시간이 지난 뒤에 이 시인으로부터 시집 한 권을 받았다. 생전처음 낸 시집이다. 『너와 나의 목숨을 위하여』. 당신의 시로 해서 시를 시작한 나는 수십 권의 시집을 냈는데 정작 그 장본인은 첫 시집이라니!

어떻게든 한번 만나고 싶었다. 주소가 정읍으로 되어있어 정읍 쪽 문학강연 갔던 길에 연락을 드려 만나 뵈었다. 따님댁에서 노년을 보내고 계신다 했다. 해 밝은 땅에서 당신의 시처럼 고운 인생을 사는 분이셨다.

어머니의 그륵

어머니는 그륵이라 쓰고 읽으신다
그륵이 아니라 그릇이 바른 말이지만
어머니에게 그릇은 그륵이다
물을 담아 오신 어머니의 그륵을 앞에 두고
그륵, 그륵 중얼거려 보면
그륵에 담긴 물이 편안한 수평을 찾고
어머니의 그륵에 담겨졌던 모든 것들이
사람의 체온처럼 따뜻했다는 것을 깨닫는다
나는 학교에서 그릇이라 배웠지만
어머니는 인생을 통해 그륵이라 배웠다
그래서 내가 담는 한 그릇의 물과
어머니가 담는 한 그륵의 물은 다르다
말 하나가 살아남아 빛나기 위해서는
말과 하나가 되는 사랑이 있어야 하는데
어머니는 어머니의 삶을 통해 말을 만드셨고
나는 사전을 통해 쉽게 말을 찾았다
무릇 시인이라면 하찮은 것들의 이름이라도
뜨겁게 살아 있도록 불러 주어야 하는데
두툼한 개정판 국어사전을 자랑처럼 옆에 두고

서정시를 쓰는 내가 부끄러워진다

정일근

'그릇'이라는 말을 '그륵'이라고 읽으시는 어머니. 표준말로, 사전
으로는 '그릇'이 맞지만 어머니에게는 '그륵'이 맞다. 이 위대한 오
독. 그 오독 앞에 자식은 영원하면서도 원대한 사랑의 원천을 발견
한다.

아. 무엇인가를 안다는 것의 허무함이여! 가장 좋은 지식은 삶으
로 배우는 것이고 머리로만 아는 것이 아니라 몸으로 더불어 아
는 것이리라. 시인은 그것을 조그만 단서를 통해 우리에게 가르쳐
준다.

정일근 시인. 울산의 '은현리'라는 아름다운 마을에서 살던 시인.
한때는 몸이 안 좋아 집에서 쉬면서 '마당으로 출근하는 시인'이
라 스스로 위안하며 좋은 시를 쓰던 시인. 그 푸른 시인을 만나던
시절이 그립다.

어머니

나의 일곱 살 적 어머니는
하얀 목련꽃이셨다.
눈부신 봄 한낮 적막하게
빈 집을 지키는,

나의 열네 살 적 어머니는
연분홍 봉선화꽃이셨다.
저무는 여름 하오 울 밑에서
눈물을 적시는,

나의 스물한 살 적 어머니는
노오란 국화꽃이셨다.
어두운 가을 저녁 홀로
등불을 켜 드는,

그녀의 육신을 묻고 돌아선
나의 스물아홉 살,
어머니는 이제 별이고 바람이셨다.
내 이마에 잔잔히 흐르는

흰 구름이셨다.

오세영

인간은 그의 모친을 사랑한다. 배 속에서부터 은혜를 주신 분이기에 일생 동안 모친에 대한 기억을 아름답게 간직하며 살기 마련이다. 실상 어머니에 대한 추억과 사랑은 그의 일생을 지키는 등불과 같다.

그런데 이 시인의 경우는 더욱 그런 마음이 강렬하고도 길다. 어려서부터 어머니가 세상을 떠나시기까지의 일대기를 시로 표상해 놓았다. 그것도 아름다운 꽃과 자연물로 그렇게 해놓았다.

어머니의 모습은 아들의 연령대에 따라 바뀐다. 그것도 아름다운 대상으로 바뀐다. 하얀 목련꽃 → 연분홍 봉선화꽃 → 노오란 국화꽃 → 별이고 바람 → 잔잔히 흐르는 흰 구름. 아름다운 변신이여. 사랑의 곡절이여.

밤하늘

산 위에서 올려다보니 별 서너 개
저기 또 하나
잡으려면 어느새 숨어버리는 이처럼
내 마음을 간지르는

저 별
손톱으로 꼭 눌러 죽이고 싶은
마음의 가려움
내려다보니
이토록 많은 별들

꿈꾸는 눈빛에게
시간은 더디 흐른다
밤새도록 흘러도
늘 제자리인
저 강물 속 강물 위

가라앉아 있는 떠 있는
어린 시절

손톱으로 눌러 죽인

수많은 별들

여기 와 살아 있다니

차창룡

운이 좋았던가. 코로나19 속에서도 서울 근교 북한산 기슭의 중흥
사란 절에서 개최하는 템플스테이에 강사로 간 일이 있었다. 불러
준 스님은 동명 스님. 만나보니 그분은 속가에서 시인이었던 분이
었다.

속가에서의 이름은 차창룡. 스님이지만 시인이었던 분이라서 문학
적인 분위기가 물씬 풍겼다. 강의를 마치고 차담을 하면서 세상 얘
기와 함께 인생 이야기를 나누는 시간이 매우 의미 있었다.

돌아와 시를 찾아보니 스님으로 살면서 썼을 것 같은 아름다운 시
가 발견되었다. 산 아래 사람들이 느낄 수 없는 눈부신 정서가 들
어있는 작품. 세상의 모든 일이란 바라보는 사람에 따라 새롭게 태
어나기도 한다.

가을의 노래

깊은 밤 풀벌레 소리와 나뿐이로다
시냇물은 흘러서 바다로 간다
어두움을 저어 시냇물처럼 저렇게 떨며
흐느끼는 풀벌레 소리……
쓸쓸한 마음을 몰고 간다
빗방울처럼 이었는 슬픔의 나라
후원을 돌아가며 잦아지게 운다
오로지 하나의 길 위
뉘가 밤을 절망이라 하였나
말긋 말긋 푸른 별들의 눈짓
풀잎에 바람
살아있기에
밤이 오고
동이 트고
하루가 오가는 다시 가을밤
외로운 그림자는 서성거린다
찬 이슬밭엔 찬 이슬에 젖고
언덕에 오르면 언덕
허전한 수풀 그늘에 앉는다

그리고 등불을 죽이고 침실에 누워

호젓한 꿈 태양처럼 지닌다

허술한

허술한

풀벌레와 그림자와 가을밤

박용래

독자들이나 비평가들은 박용래 시인의 후기시를 좋아한다. 짧고도 간결한 표현이 마음을 자극하면서 적지 않은 파장을 주기 때문이다. 빼어난 언어 미학은 한국어가 얼마나 빛부시도록 아름다운 것인가를 알려준다.

그러나 나는 때로 시인의 초기 시를 읽는다. 조금은 어수룩하고 부족한 듯한 시. 더 많이 생략을 했으면 좋았을 것 같은 시. 시인이 되는 초기 과정에서 많은 망설임과 자기반성이 들어있는 시.

나는 그러한 박용래 시인의 시가 좋았다. 풋풋해서 좋았다. 아직은 서툰 듯한 발성이 좋았다. 마냥 좋았다. 실은 시의 행간에서 내 청춘의 숨결을 읽었는지도 모를 일이다.

성선설

손가락이 열 개인 것은
어머니 배 속에서 몇 달 은혜 입나 기억하려는
태아의 노력 때문인지도 모릅니다

함민복

조숙했다. 대학교 학생일 때 시인으로 데뷔했단다. 그 당시 데뷔작이라 한다. 하나의 문장이 전부다. 그래도 시가 된다. 엉뚱한 생각. 지금까지 이런 생각을 해본 사람은 함민복 말고는 이 세상에 없을 것이다.

그래서 함민복이란 시인은 한 편의 시를 통해 완전한 창조자가 되었다. 글쎄다. 태아의 손가락 열 개와 엄마 배 속에서 머무는 태아의 열 달은 무슨 관계가 있단 말인가. 이 눈부신 말도 되지 않는 관계 설정!

이런 시를 통해서 우리는 미세한 사실, 숨겨진 비밀 속에서 인생의 교훈을 찾아낸다. 아! 모성의 은혜란 것이 이렇게도 심대하고도 아름다운 것이구나. 세상의 모든 어머니들을 성스럽게 바라본다.

파초우 芭蕉雨

외로이 흘러간 한 송이 구름
이 밤을 어디메서 쉬리라던고.

성긴 빗방울
파촛잎에 후두기는 저녁 어스름

창 열고 푸른 산과
마조 앉어라.

들어도 싫지 않은 물소리기에
날마다 바라도 그리운 산아

온 아츰 나의 꿈을 스쳐 간 구름
이 밤을 어디메서 쉬리라던고.

조지훈

청록파 시인 가운데 한 분인 시인. 민족학 연구에 초석을 놓은 시인. 그 유명한 '지조론'의 저자. 하지만 시인은 너무 일찍 세상을 떠났다. 1968년, 시인의 나이 48세. 그런데도 아주 오래 산 분처럼 느껴진다.

조지훈 시인은 내가 시를 공부하면서부터 좋아한 시인 가운데 한 분이다. 시인이 되면 꼭 뵙고 싶었는데 내가 시인이 되기 전에 세상을 떠났으므로 끝내 뵙지를 못했다. 두고두고 애석한 일이다.

김종길 교수는 청록파 시인의 시에 대해서 박목월의 율조, 조지훈의 교양, 박두진의 종교를 그 특징으로 들었다. 탁견이다. 위의 시는 유현幽玄과 고전을 한껏 조화시킨 본보기다.

청솔 푸른 그늘에 앉아

청솔 푸른 그늘에 앉아
서울친구의 편지를 읽는다

보랏빛 노을을 가슴에
안았다고 해도 좋아

혹은 하얀 햇빛 깔린
어느 도서관 뒤뜰이라 해도 좋아

당신의 깨끗한 손을 잡고
아늑한 얘기가 하고 싶어

아니 그냥
당신의 그 맑은 눈을 들여다보며
마구 눈물을 글썽이고 싶어

아아 밀물처럼
온몸을 스며 흐르는
피곤하고 피곤한 그리움이여

청솔 푸른 그늘에 앉아
서울친구의 편지를 읽는다

이제하

이제하란 인물은 좀 난해한 인물이다. 본디 대학에서 서양화를 전공한 화가인데 그는 소설가이며 시인이며 영화 평론가이며 작곡가이고 가수이기도 하다. 가히 종합예술가라 할 것이다.

어려서부터 탁월했고 조숙했다. 고향 마산에서 고등학교 학생이던 시절, 서울의 또래 학생으로부터 친구하자는 편지를 받고 득달같이 쓴 시가 바로 이 시란다. 천재성이 드러난 시다.

그런데 이 작품이 《학원》 잡지에서 모집하는 '학원문학상' 대상을 받았노란다. 뿐더러 60년대 중학교 교과서에 수록되기도 했다. 미지의 사람에 대한 소년다운 그리움이 그야말로 보랏빛으로 잘 피어난 가편이다.

비옷을 빌어 입고

온종일 비는 내리고
가까이 사랑스러운 멜로디,
트럼펫이 울린다

이십팔 년 전
선죽교가 있는
비 내리던
개성,

호수돈 고녀생高女生에게
첫사랑이 번지어졌을 때
버림받았을 때

비옷을 빌어 입고 다닐 때
기숙사에 있을 때

기와 담장 덩굴이 우거져
온종일 비는 내리고
사랑스러운 멜로디 트럼펫이

울릴 때

김종삼

김종삼 시인에겐 명편名篇의 시들이 있다. 하지만 나는 이 시가 좋았다. 좋다는 데 무슨 이유가 있을까. 있다면 나의 소년 시절의 초상 같은 것이 이 시 안에 들어있어서 그랬을 것이다.

가난한 시절, 가난한 청년. 호수돈 고녀생에게 연정이 번졌고 그 첫사랑한테 끝내 버림받았다니까 주인공 또한 고등학교쯤인 남성이었으리라. 비 오는 날 비옷이 없어 비옷을 빌어 입고 다녔고 기숙사에서 살았다니까 힘든 날들을 사는 사람이었으리라.

그래도 시를 읽다 보면 우울함이나 슬픔보다는 희망을 느끼게 되고 사랑스러운 마음을 만나게 된다. 그 또한 추억이 불러오는 매직이다.

설야 雪夜

어느 머언 곳의 그리운 소식이기에
이 한밤 소리 없이 흩날리느뇨.

처마 밑에 호롱불 여위어 가며
서글픈 옛 자취인 양 흰 눈이 내려

하이얀 입김 절로 가슴이 메어
마음 허공에 등불을 켜고
내 홀로 밤 깊어 뜰에 내리면

머언 곳에 여인의 옷 벗는 소리

희미한 눈발
이는 어느 잃어진 추억의 조각이기에
싸늘한 추회追悔 이리 가쁘게 설레이느뇨.

한 줄기 빛도 향기도 없이
호올로 차단한 의상을 하고
흰 눈은 내려 내려서 쌓여

내 슬픔 그 위에 고이 서리다.

김광균

이처럼 언어로 쓴 문장들이 감각적일 수 있을까? 맨 처음 시를 안은 나의 가슴은 벅차올랐고 설렘으로 가득했었다.

보이지 않는 그림을 눈으로 보는 듯하게 하고, 들리지 않는 음악을 귀로 듣는 듯하게 하는 문장 속의 단어들, 그 어울림.

아, 나도 이런 시를 써보고 싶다. 가슴을 쓸어내린 일이 어찌 한두 번이었을까? 이 시를 만난 것은 나의 행운이었고 또 불행이었다.

송년

기러기 떼는 무사히 도착했는지
아직 가고 있는지
아무도 없는 깊은 밤하늘을
형제들은 아직도 걷고 있는지
가고 있는지
별빛은 흘러 강이 되고 눈물이 되는데
날개는 밤을 견딜 만한지
하룻밤 사이에 무너져버린
아름다운 꿈들은
정다운 추억 속에만 남아
불러보는 노래도 우리 것이 아닌데
시간은 우리 곁을 떠난다
누구들일까 가고 오는 저 그림자는
과연 누구들일까
사랑한다는 약속인 것같이
믿어달라는 하소연과 같이
짓궂은 바람이
도시의 벽에 매어 달리는데
휘적거리는 빈손 저으며

이 해가 저무는데
형제들은 무사히 가고 있는지
아무것도 이루지 못한
쓸쓸한 가슴들은 아직도 가고 있는지
허전한 길에
쓸쓸한 뉘우침은 남아
안타까운 목마름의 불빛은 남아
스산하여라 화려하여라.

김규동

이산離散이란 특별한 아픔이다. 그 이전에 엄청난 환난이 있었다는
증거다. 이산가족. 한국에서의 이산가족은 한국전쟁과 관계가 깊다.
한번 떠나온 고향으로 돌아가지 못하고 한번 헤어진 사람들과 만
나지 못하는 슬픔. 그것은 겪어보지 못한 사람은 짐작도 못할 것들
이다. 시인은 정직하다. 정직하게 보고, 정직하게 말을 한다. 그러기
에 시인의 발언에서는 힘이 느껴진다. 생전에 시인을 만났을 때에
도 시인은 그런 모습이었다.

백설부 白雪賦

눈이 나린다
눈이 날린다
눈이 쌓인다

눈 속에 태고太古가 있다
눈 속에 오막살이가 있다
눈 속에 내 어린 시절이 있다

눈을 맞으며 길을 걷고 싶다
눈을 맞으며 날이 저물고 싶다
눈을 털며 주막에 들고 싶다

눈같이 흰 마음을 생각한다
눈같이 찬 님을 생각한다
눈같이 슨 청춘을 생각한다

눈은 내 옛이야기의 시작
눈은 내 옛사랑의 모습
눈은 내 옛마음의 향수

눈이 나린다

눈이 날린다

눈이 쌓인다

김동명

부賦란 한문체로 쓰는 글의 한 종류다. '작자의 생각이나 눈앞의 경치 같은 것을 있는 그대로 드러내 보이도록 쓰는 글'을 말한다.

백설, 그러니까 흰 눈이 내리는 모습을 눈에 보이듯 쓰는 글이라 해서 시의 제목이 '백설부'이다. 조곤조곤 옛이야기를 들려주듯이 과거로 사람의 마음을 데려간다. 과거로의 회귀요, 추억 여행이다.

시인은 굳이 옛말을 여러 군데 동원하고 있다. '내린다' 대신에 '나린다', '시들다'의 뜻으로 '슨'이라는 말을 사용하고 있다. 예스런 맛을 더하기 위한 시인의 의도라 하겠다.

고고 孤高

북한산이
다시 그 높이를 회복하려면
다음 겨울까지는 기다려야 한다.

밤사이 눈이 내린,
그것도 백운대나 인수봉 같은
높은 봉우리만이 옅은 화장을 하듯
가볍게 눈을 쓰고

왼 산은 차가운 수묵水墨으로 젖어 있는,
어느 겨울날 이른 아침까지는 기다려야만 한다.

신록이나 단풍,
골짜기를 피어오르는 안개로는,
눈이라도 왼 산을 뒤덮는 적설積雪로는 드러나지 않는,

심지어는 장미빛 햇살이 와 닿기만 해도 변질하는,
그 고고孤高한 높이를 회복하려면

백운대나 인수봉만이 가볍게 눈을 쓰는

어느 겨울날 이른 아침까지는

기다려야 한다.

김종길

시를 읽으며 오랫동안 생각해 본 일이 있다. 고고孤高란 말. 왜 고
고일까? 외로울 고孤에 높을 고高. 외로우면 누구나 높아지는 것일
까? 반대로 높아지면 외로워지는 것일까?

어쨌든 고고. '세상일에 초연하여 홀로 고상하다'는 뜻이다. 사람이
이렇게 살기 쉬울까? 말처럼은 쉽사리 되지 않을 것이다. 우선은
자기를 지켜야 한다. 그러고서도 남들이 알아주지 않아도 섭섭하
지 않을 자신이 있어야 한다.

사람이든 자연이든 뭔가 달라야만 그가 고고한 존재가 된다. 남들
이 다 그렇다 해서 그 길로 몰려가는 것은 결코 고고한 삶과는 거
리가 멀어도 한참 먼 것이리라.

밤하늘에 쓴다

언젠가 그 언젠가는
저 산 저 바다 저 하늘도 너머
빛과 어둠 너머

잘 잘못들 넘어
사랑 미움 모두 넘어

머언 머언 너머
처음처럼 마지막처럼
우린 다시 만날 거지요?!

유안진

과거, 그것도 멀지 않은 과거에 누군가 아주 많이 사랑하는 사람과의 이별이 있었을 것이다. 그러기에 이런 절창이 나옴직하다. 무릇 원인은 원인으로만 끝나지 않는다. 결과를 가져온다.

원인이 크고 깊으면 그다음에 오는 결과 또한 결과 역시 크고 깊게 마련인 터. 그것은 추운 겨울 다음에 오는 눈부신 봄의 개화와 같다고 해야 할 것이다.

피차 살아있는 목숨이기에 부대껴야 했을 온갖 인간적인 음영들. 그것들을 넘어서 오직 다시 만나기만을 바라는 간절한 소망. 그렇다. 우리는 육신이 다한 뒤에도 만날 수 있다. 영혼이 우리에게 있기 때문이다.

한 사람이 멀리 사는 한 사람을 불러내어

자기 동네에 달이 떴다고 전화로 말해주다니!

한 사람의 가슴에 뜬 달이 또 한 사람의

가슴으로 옮겨가는 순간이다

이래서 세상은 다시 한번 환해지는 게 아닐까

5

오늘이
너의 강물이다

너를 기다리는 동안

네가 오기로 한 그 자리에
내가 미리 가 너를 기다리는 동안
다가오는 모든 발자국은
내 가슴에 쿵쿵거린다
바스락거리는 나뭇잎 하나도 다 내게 온다
기다려본 적이 있는 사람은 안다
세상에서 기다리는 일처럼 가슴 애리는 일 있을까
네가 오기로 한 그 자리, 내가 미리 와 있는 이곳에서
문을 열고 들어오는 모든 사람이
너였다가
너였다가, 너일 것이었다가
다시 문이 닫힌다
사랑하는 이여
오지 않는 너를 기다리며
마침내 나는 너에게 간다
아주 먼 데서 나는 너에게 가고
아주 오랜 세월을 다하여 너는 지금 오고 있다
아주 먼 데서 지금도 천천히 오고 있는 너를
너를 기다리는 동안 나도 가고 있다

남들이 열고 들어오는 문을 통해
내 가슴에 쿵쿵거리는 모든 발자국 따라
너를 기다리는 동안 나는 너에게 가고 있다

황지우

———————

시낭송을 통해서 이 시를 알았다. 아, 저런 시도 있었나? 좋았다. 느낌이 좋았다. 같은 느낌이고 같은 마음이라는 것. 그것은 공감과 감동의 바탕이며 세상을 아름답게 하는 근원이 되어준다.

누군가를 오래 지루하게 기다려본 사람은 알 것이다. 잠시의 시간이 아니다. 오랜 시간, 한 시간이고 두 시간. 그 지루함과 과대망상과 망설임과 주저주저함. 그것은 고문이고 그것은 어둠이며 고통이다.

우리는 깨닫는다. 기다린다는 것은, 단지 그 자리에 멈춰 서있는 것이 아니라 끝없이 어딘가로 가고 있다는 사실. 그가 이리로 오는 것이 내가 오히려 그에게로 가고 있다는 것. 그렇게 우리는 죽음 가까이 간다.

적막한 바닷가

더러는 비워 놓고 살 일이다
하루에 한 번씩
저 뻘밭이 갯물을 비우듯이
더러는 그리워하며 살 일이다
하루에 한 번씩
저 뻘밭이 밀물을 쳐 보내듯이
갈밭머리 해 어스름녘
마른 물꼬를 치려는지 돌아갈 줄 모르는
한 마리 해오라기처럼
먼 산 바래 서서
아, 우리들의 적막한 마음도
그리움으로 빛날 때까지는
또는 바삐 바삐 서녘 하늘을 채워 가는
갈바람 소리에
우리 으스러지도록 온몸을 태우며
마지막 이 바닷가에서
캄캄하게 저물 일이다

송수권

전남 고흥 출신 송수권 시인은 생전에 나와 가깝게 지내던 시인이다. 나이는 비록 6년 연상이지만 등단이 나보다 5년 뒤이므로 그럭저럭 벗으로 사귀며 살았다. 강원도 속초의 이성선 시인이랑 셋이서 그랬다.

문단에서는 우리 셋을 삼가 시인이라 이름 붙여 불러주기도 했다. 외롭고 고적한 문단 생활에 등불이 되어준 시인들이다. 송수권 시인은 멋을 알고 풍류를 몸에 지니고 산 시인. 시인처럼 평생을 살다 간 시인.

태생이 바닷가라 그런지 그의 시에는 바닷가 풍경이 자주 나오고 수평선을 바라보는 그리운 눈빛이 자주 어른거린다. 번잡한 일상 속에서도 여유를 찾고자 했던 마음. 그것을 시인은 남도 정신이라 부르기도 했다.

그 겨울의 시

문풍지 우는 겨울밤이면
윗목 물그릇에 살얼음이 어는데
할머니는 이불 속에서
어린 나를 품어 안고
몇 번이고 혼잣말로 중얼거리시네

오늘 밤 장터의 거지들은 괜찮을랑가
소금창고 옆 문둥이는 얼어 죽지 않을랑가
뒷산에 노루 토끼들은 굶어 죽지 않을랑가

아 나는 지상에서 가장 아름다운
시낭송을 들으며 잠이 들곤 했었네

찬바람아 잠들어라
해야 해야 어서 떠라

한겨울 얇은 이불에도 추운 줄 모르고
왠지 슬픈 노래 속에 눈물을 훔치다가
눈산의 새끼노루처럼 잠이 들곤 했었네

박노해

시인 박노해의 본명은 박기평. 한동안 이름 없는 시인, 실체 없는 시인으로 알려졌던 시절이 있었던 사람이다. 첫 시집 『노동의 새벽』으로 이름을 알린 시인이다.

한국이 짧은 시기에 도시화, 산업화를 이룩하는 과정에서 많은 모순을 더불어 안아야만 했는데 그 모순의 틈바귀에서 가장 절실한 목소리를 담아낸 장본인이 바로 박노해 시인이다.

하지만 박노해 시인은 점차 일상적인 삶에 대한 시를 쓰면서 보다 넓은 시적인 지평을 열었는데 바로 위에 적은 시가 그런 작품이다. 인간에 대한 한없는 연민이 자연으로까지 확대 재생산된 본보기다.

나와 나타샤와 흰 당나귀

가난한 내가
아름다운 나타샤를 사랑해서
오늘 밤은 푹푹 눈이 내린다

나타샤를 사랑은 하고
눈은 푹푹 날리고
나는 혼자 쓸쓸히 앉아 소주를 마신다
소주를 마시며 생각한다
나타샤와 나는
눈이 푹푹 쌓이는 밤 흰 당나귀 타고
산골로 가자 출출이 우는 깊은 산골로 가 마가리에 살자

눈은 푹푹 내리고
나는 나타샤를 생각하고
나타샤가 아니 올 리 없다
언제 벌써 내 속에 고조곤히 와 이야기한다
산골로 가는 것은 세상한테 지는 것이 아니다
세상 같은 건 더러워 버리는 것이다

눈은 푹푹 내리고

아름다운 나타샤는 나를 사랑하고

어데서 흰 당나귀도 오늘 밤이 좋아서 응앙응앙 울을 것이다

백석

———————

매우 이국적인 정서가 깃든 작품이다. 북국의 풍경을 한가득 품고
있는 또 다른 세상이다. 우선은 '나타샤'란 이름이 그렇다. 여성 이
름인 것 같다. 어쩌면 러시아 소설 속에나 나올 그런 여성의 이름.
왜 그런 이국의 여성 이름이 한국인 시인의 입에 오르내려 연인으
로 바뀌었을까. 어쩌면 이런 이국 취향이 이 시의 매력이요 기저
정서인지도 모르겠다. 그런 점이 오늘날 젊은 독자들에게 매력으
로 통하겠지 싶다.

사랑은 언제나 맹목이다. 무작정 좋아하는 것이고 무작정 기우는
마음이고 무작정 무너짐이다. 출출이(뱁새) 소리를 따라가다 보면
어디쯤 나타샤와 새롭게 살림을 차린 시인의 마가리(오두막집)를
찾을지 모른다.

그리움

눈이 오는가 북쪽엔
함박눈 쏟아져 내리는가

험한 벼랑을 굽이굽이 돌아간
백무선白茂線 철길 위에
느릿느릿 밤새워 달리는
화물차의 검은 지붕에

연달린 산과 산 사이
너를 남기고 온
작은 마을에도 복된 눈 내리는가

잉크병 얼어드는 이러한 밤에
어쩌자고 잠을 깨어
그리운 곳 차마 그리운 곳

눈이 오는가 북쪽엔
함박눈 쏟아져 내리는가

이용악

애당초 우리 시단에는 북국의 정서 같은 것이 있었나 보다. 먼 나라. 아득한 고장. 겨울에 춥고 눈이 많이 내리는 곳. 봄이 늦고 짧은 곳. 내가 가보지 않은 곳. 아니 시인이 살다가 떠나온 고장.

지명이나 단어도 조금은 낯설고 엉뚱하다. 이것이 우리에게 호기심을 유발한다. 가난하고 불편하고 어쩌면 지긋지긋했던 삶의 현장이다. 그런데 떠나보니 그것이 아닌 것이다.

그 궁핍과 불편함과 어둠이 다시금 그리움이 되어 찾아온다. 인간은 이렇게 모순적이다. 지금은 사라진 정서, 그것도 굵직한 남성의 정서. 내가 만약 어려서 이런 시를 읽었다면 나의 시의 분위기가 훨씬 넓어졌을 것이다.

국화 옆에서

한 송이 국화꽃을 피우기 위해
봄부터 소쩍새는
그렇게 울었나 보다

한 송이 국화꽃을 피우기 위해
천둥은 먹구름 속에서
또 그렇게 울었나 보다

그립고 아쉬움에 가슴 조이던
머언 먼 젊음의 뒤안길에서
인제는 돌아와 거울 앞에 선
내 누님같이 생긴 꽃이여

노오란 네 꽃잎이 필라고
간밤엔 무서리가 저리 내리고
내게는 잠도 오지 않았나 보다.

서정주

미당 서정주. 한국 시사에서 어쩔 수 없는 인물이다. 김소월과 함께 극복하기 쉽지 않은 높은 산봉우리다. 인간적인 족적으로는 비록 비난을 면치 못하고 있지만 시적인 공적으로는 눈감기 어려운 시인이다.

「국화 옆에서」. 나이 든 사람치고 이 시를 모르는 사람은 별로 없다. 그런데 학교에 가서 물으면 학생들은 모른다고 말한다. 교과서에 이 시인의 작품이 나오지 않는 까닭이다.

인간의 사랑, 우주적인 질서를 가장 잘 표현한 작품이다. 천지인天地人 삼재三才가 조화를 이룬 동양 정신의 승화가 들어있는 시다. 이 시의 요체는 그리움. 인간은 때로 이러한 미미한 그리움으로도 산다.

별 헤는 밤

계절이 지나가는 하늘에는
가을로 가득 차 있습니다.

나는 아무 걱정도 없이
가을 속의 별들을 다 헤일 듯합니다.

가슴 속에 하나 둘 새겨지는 별을
이제 다 못 헤는 것은
쉬이 아침이 오는 까닭이요,
내일 밤이 남은 까닭이요,
아직 나의 청춘이 다하지 않은 까닭입니다.

별 하나에 추억과
별 하나에 사랑과
별 하나에 쓸쓸함과
별 하나에 동경과
별 하나에 시와
별 하나에 어머니, 어머니,

어머님, 나는 별 하나에 아름다운 말 한마디씩 불러봅니다.
소학교 때 책상을 같이했던 아이들의 이름과, 패, 경, 옥, 이런 이국 소녀들의 이름과, 벌써 애기 어머니 된 계집애들의 이름과, 가난한 이웃 사람들의 이름과, 비둘기, 강아지, 토끼, 노새, 노루, '프랑시스 잠', '라이너 마리아 릴케' 이런 시인의 이름을 불러봅니다.

이네들은 너무나 멀리 있습니다.
별이 아슬히 멀듯이.

어머님,
그리고 당신은 멀리 북간도에 계십니다.

나는 무엇인지 그리워
이 많은 별빛이 내린 언덕 위에
내 이름자를 써보고
흙으로 덮어버리었습니다.

딴은 밤을 새워 우는 벌레는

부끄러운 이름을 슬퍼하는 까닭입니다.

그러나 겨울이 지나고 나의 별에도 봄이 오면
무덤 위에 파란 잔디가 피어나듯이
내 이름자 묻힌 언덕 위에도
자랑처럼 풀이 무성할 게외다.

윤동주

─────────

우리나라 사람치고 윤동주란 시인의 이름과 그의 시 「별 헤는 밤」
을 모르는 사람은 없을 것이다. 그만큼 이 시는 국민적인 지지를
받는 작품이다.

윤동주 시인은 1941년 그의 나이 24세 때 연희전문학교를 졸업하
면서 그 기념으로 77권의 시집을 내고자 했다. 그러나 그 꿈이 막
히자 자필로 필사하여 『하늘과 바람과 별과 시』라는 이름으로 세
권의 시집을 만든다.

이때 시집을 선물 받은 정병욱이란 분의 보관본이 뒷날에 남아 오
늘날의 '윤동주 시집'이 되었다. 청년의 풋풋한 동경과 사랑이 함
뿍 담긴 시. 시인의 일대기가 담긴 듯한 시. 지금도 읽으면 그 젊은
윤동주 시인을 만난다.

시월의 소녀

시월의
소녀는
사과 속에
숨어 있다

순이는 달음박질쳐 가서 숨었고
은하는 사뿐히 걸어가서 숨었다.
선화는 어물어물 새도 몰래 숨었고
춘하는 꽃병 곁에 잠자다가 숨었다.

저 무서운 총알이 오고 가던
저 사과나무밭의 가시 돋친 쇠줄 울타리 타고 넘은
저 사과나무 가지에도
주렁주렁 매어달린 탐스런 사과

그럼
사과나무밭으로 가볼까나
제일 빛나게 익은 큰 것을 따야지
내 사랑하는 소녀가 숨은 사과

한입 깨물면

내 소녀는 꽃다발 되어 뛰쳐나올 거다

새까만 사과 씨는 보석처럼 굴러서

흙 속에 숨을 거다

시월의

소녀는

사과 속에

숨어 있다

전봉건

생전에 전봉건 시인은 나에게 은혜를 많이 준 선배 시인 가운데 한 분이다. 대학교도 못 나온 시골 출신. 신춘문예 출신. 의지가지 없어 떠돌던 젊은 영혼을 붙잡아 용기를 주고 기회를 준 분이 전봉건 시인이다.

왜 그랬을까? 나의 모습에서 당신의 젊은 시절을 보았기 때문일 것이다. 당신의 집까지 데리고 가 재위주시고 여러 권 좋은 책을 보내주시어 시 공부에 도움을 주신 분이다. 감사의 마음으로 그분의 시를 읽는다.

모더니즘 계열의 시를 썼지만 자연 서정을 잃지 않은 아름다운 시 세계를 지녔다. 그래서 충분히 아름답고 이해의 폭이 넓다. 사소한 것에서 원대한 것을 보았다. 하나의 발견이고 삶의 찬가, 기쁨이다.

청포도

내 고장 칠월은
청포도가 익어가는 시절

이 마을 전설이 주저리주저리 열리고
먼 데 하늘이 꿈꾸며 알알이 들어와 박혀

하늘 밑 푸른 바다가 가슴을 열고
흰 돛단배가 곱게 밀려서 오면

내가 바라는 손님은 고달픈 몸으로
청포靑袍를 입고 찾아온다고 했으니

내 그를 맞아 이 포도를 따 먹으면
두 손은 함뿍 적셔도 좋으련

아이야 우리 식탁엔 은쟁반에
하이얀 모시 수건을 마련해 두렴

이육사

민족시인, 애국시인, 지사시인으로 불리는 이육사 시인에게 이런 시가 있다는 건 하나의 이변이고 기적 같은 일이다. 어쩜 이렇게도 입에 척척 달라붙는 문장이 있을까.

그만큼 이 시는 모국어의 말맛과 리듬을 잘 살려 쓴 작품이라 하겠다. 나긋나긋 정다운 청유형의 문장 안에 살가운 인간애와 자연애의 극치를 보여주고 있다. 아, 이런 작품은 얼마나 우리의 가슴을 푸르게 했던가.

실상 칠월은 청포도의 계절이 아니다. 그런데도 시인은 칠월을 청포도의 계절이라 말했다. 실수일까? 아니다. 음력 칠월을 말함이다. 그래서 독자들은 양력 칠월을 청포도의 계절로 인식한다. 시의 위대한 명령이다.

따뜻한 봄날
— 꽃구경

어머니, 꽃구경 가요.
제 등에 업히어 꽃구경 가요.

세상이 온통 꽃 핀 봄날
어머니 좋아라고
아들 등에 업혔네.

마을을 지나고
들을 지나고
산자락에 휘감겨
숲길이 짙어지자
아이구머니나
어머니는 그만 말을 잃었네.
봄구경 꽃구경 눈 감아버리더니
한 움큼 한 움큼 솔잎을 따서
가는 길바닥에 뿌리며 가네.

어머니, 지금 뭐하시나요.
꽃구경은 안 하시고 뭐하시나요.

솔잎은 뿌려서 뭐하시나요.

아들아, 아들아, 내 아들아
너 혼자 돌아갈 길 걱정이구나.
산길 잃고 헤맬까 걱정이구나.

김형영

―――――――

송구스럽게도 장사익 가인의 노래로 겨우 알았다. 공주에서 장사
익 가인의 공연 제목이 '꽃구경'이었으니까. 시인한테 미안한 일이
고 시한테 미안한 일이다.

처음엔 화사한 봄날의 일인 줄로만 알았다. 그런데 노래를 들어보
니 그게 아니었다. 가슴이 섬뜩했다. 예전, 아주 오래전의 예전, 전
설처럼 있었다는 고려장을 소재로 한 시였다.

하기는 오늘날에도 이런 사정은 없을까. 오히려 더하면 더했지 덜
하지는 않을 것이다. 이래저래 마음 아픈 세상이다. 우리 제발 피
차 마음을 덜 아프게 하면서 살았으면 좋겠다.

강물이 될 때까지

사람을 만나러 가는 길에
흐린 강물이 흐른다면
흐린 강물이 되어 건너야 하리

디딤돌을 놓고 건너려거든
뒤를 돌아보지 말 일이다
디딤돌은 온데간데없고
바라볼수록 강폭은 넓어진다
우리가 우리의 땅을 벗어날 수 없고
흐린 강물이 될 수 없다면
우리가 만난 사람은 사람이 아니고
사람이 아니고
디딤돌이다

신대철

시를 읽으면서 시의 내용을 모두 다 명확히 알 수는 없다. 시를 쓴 시인의 의도를 파악하기도 쉬운 일은 아니다. 다만 좋아하는 마음을 그 시에 가져다 대고 나의 마음속으로 그 시가 들어오기만 바랄 뿐이다.

처음 이 시를 읽을 때가 그랬다. 또래 시인이었다. 나이도 그렇고 데뷔 연도도 그렇고 시집 출간도 비슷했다. 그런데도 시의 내용은 훨씬 원융하고 멀었다. 원숙미 탓일까.

내가 모르는 그 어떤 인생의 교훈을 숨기고 있는 것 같았다. 특히 좋았던 것은 2연의 내용이다. '디딤돌을 놓고 건너려거든/ 뒤를 돌아보지 말 일이다/ 디딤돌은 온데간데없고/ 바라볼수록 강폭은 넓어진다'.

딸을 위한 시

한 시인이 어린 딸에게 말했다.
'착한 사람도, 공부 잘하는 사람도 다 말고
관찰을 잘하는 사람이 되라고.
겨울 창가의 양파는 어떻게 뿌리를 내리며
사람은 언제 웃고, 언제 우는지를.
오늘은 학교에 가서
도시락을 안 싸온 아이가 누구인지 살펴서
함께 나누어 먹기도 하라고.'

마종하

나는 마종하란 시인과 안면이 없다. 나보다 두 살 연상인데 벌써 세상을 떠난 분이니 그럴 수밖에. 더하여 나는 마종하란 시인의 작품을 별로 읽어본 기억이 없다.

그런데 이 작품 한 편으로 내가 완전히 굴복하고 말았다. 시의 내용이나 수사가 그다지 화려하거나 대단하지도 않다. 다만 평범하다. 그러나 그 평범 속에 원대한 진리를 담고 있다. 자식을 가르치고 세상을 대하는 시인의 매우 특별하고도 사려 깊은 안목과 생각이 들어있기 때문이다.

보통 사람들은 다들 그렇게 큰길로 가는데 시인만은 그렇게 가지 않는다. 로버트 프로스트식으로 말한다면 '가지 않은 길'이다. 이 땅의 모든 아버지들이 그들의 딸을 이렇게 가르쳐주기만 한다면 세상의 평화는 이미 실현된 것이나 마찬가지다.

섬집 아기

엄마가 섬 그늘에 굴 따러 가면
아기가 혼자 남아 집을 보다가
바다가 불러주는 자장노래에
팔 베고 스르르르 잠이 듭니다.

아기는 잠을 곤히 자고 있지만
갈매기 울음소리 맘이 설레어
다 못 찬 굴 바구니 머리에 이고
엄마는 모랫길을 달려옵니다.

한인현

한국인이 좋아하는 동요로는 「고향의 봄」(이원수)과 「오빠 생각」(최순애), 그리고 이 작품 「섬집 아기」다. 이 시는 아름다운 노래로 작곡되어 아기를 기르는 엄마들의 자장가로 애용되고 있다.

아직 말도 제대로 알아듣지 못하는 아이들이다. 그런데 그런 아기들에게 이 노래를 들려주면 두 가지 반응이 일어난다고 한다. 곱게 잠이 드는 아이와 서럽게 우는 아이. 참으로 묘한 곡절로, 노래와 시의 힘을 보여준다.

이 노래를 1절만 부르고 2절을 안 부르는 경우가 있다. 그렇게 되면 아기와 엄마가 만나지 못하게 된다. 그래서 나는 2절이 있는 노래는 2절까지 불러야 한다고 주장한다. 그래야 엄마와 아기가 만난다.

옛이야기 구절

집 떠나가 배운 노래를
집 찾아오는 밤
논둑 길에서 불렀노라.

나가서도 고달프고
돌아와서도 고달팠노라.
열네 살부터 나가서 고달팠노라.

나가서 얻어 온 이야기를
닭이 울도록,
아버지께 이르노니—

기름불은 깜박이며 듣고,
어머니는 눈에 눈물을 고이신 대로 듣고
이치대던* 어린 누이 안긴 대로 잠들며 듣고
웃방 문설주에는 그 사람이 서서 듣고,

큰 독 안에 실린 슬픈 물같이
속살대는 이 시골 밤은

찾아온 동네 사람들처럼 돌아서서 듣고,

─그러나 이것이 모두 다
그 예전부터 어떤 시원찮은 사람들이
끝맺지 못하고 그대로 간 이야기어니

이 집 문고리나, 지붕이나,
늙으신 아버지의 착하디착한 수염이나,
활처럼 휘어다 붙인 밤하늘이나,

이것이 모두 다
그 예전부터 전하는 이야기 구절일러라.

정지용

＊이치대던: 성가시게 칭얼대던.

한국 현대시의 아버지로 불리는 정지용 시인. 이 시인의 시를 읽지 못하고 시인이 된 나 같은 세대는 문학적으로 불행한 세대들이다. 좀 더 일찍 그의 시를 읽었더라면 시의 뼈대 자체가 달라졌을 것이다.

'아아 석류알을 알알이 비추어 보며/ 신라천년의 푸른 하늘을 꿈꾸노니.' 이것은 중학교 국어 교과서에 나온 정지용 시인의 시 구절이다. 그것도 시인의 이름을 밝히지 않고 그냥 'C 시인'이라고만 소개되어 있었다.

위의 시는 시인이 생전에 출간한 어떤 시집에도 들어있지 않은 작품이다. 왜일까? 어쩌면 이 시가 시인 나름, 감상적이란 생각 때문에 그랬던 건 아닐까. 그런 만큼 나에게는 더욱 마음 따스하게 정이 가는 작품이다.

주막에서

어디든 멀찌감치 통한다는
길옆
주막

그
수없이 입술이 닿은
이 빠진 낡은 사발에
나도 입술을 댄다.

흡사
정처럼 옮아오는
막걸리 맛

여기
대대로 슬픈 노정路程이 집산하고
알맞은 자리, 저만치
위의威儀 있는 송덕비頌德碑 위로
맵고도 쓴 시간이 흘러가고

세월이여!
소금보다도 짜다는
인생을 안주하여
주막을 나서면

노을 비낀 길은
가없이 길고 가늘더라만

내 입술이 닿은 그런 사발에
누가 또한 닿으랴
이런 무렵에

김용호

오래전 풍경이다. 낡은 풍경. 지금은 세상 어디에서도 찾아볼 수 없는 풍경이다. 주막. 길가에 지어놓은 조그만 형태의 술집. 시골에도 많았고 더러는 도심에도 있었다.

그 시절엔 그만큼 걸어서 어딘가를 가고, 가다가 지치면 찾아들어가 밥과 물을 사 먹고 술로 목을 축이며 가던 길을 갔던 것이다. 그러니까 주막은 오늘날의 포장마차 같은 것이었으리라.

서민의 애환이 담긴 주막 풍경. 거기서 사람들은 시름을 달래고 고달픈 발길을 쉬고 스스로 위안을 받으면서 살아갔다. 요즘 젊은이들은 주막 풍경을 모른다. 하지만 삶의 고달픔은 알 것이다. 이런 문장을 통해서라도 고달픈 삶에 위로가 있기를 바란다.

별

바람이 서늘도 하여 뜰 앞에 나섰더니
서산머리에 하늘은 구름을 벗어나고
산뜻한 초사흘 달이 별과 함께 나오더라

달은 넘어가고 별만 서로 반짝인다
저 별은 뉘 별이며 내 별 또 어느 게요
잠자코 호올로 서서 별을 헤어 보노라

이병기

_____

시조는 우리 민족만이 가진 정형시이며 민족시. 진정 좋은 시조는
형식을 철저히 갖추되 형식에서 벗어난 듯 자유롭고 편안하다. 일
찍이 그래왔고 앞으로 그러할 터.
이러한 주문에 선뜻 나서는 작품이 바로 이 작품이다. 가람 선생
으로 통했던 분. 일제 말기《문장》추천위원으로 이호우나 김상옥
같은 걸출한 시조 시인을 길러낸 시조 시단의 사표.
짐짓 자연을 그리는 것 같지만 그 실에 있어서는 인간의 일이고 인
간의 마음, 정에 관한 것이다. 마치 한 편의 한국화를 들여다보는
듯 중얼거리는 마음조차 가라앉으며 편안해진다.

그 사람을 가졌는가

만 리 길 나서는 날
처자를 내맡기며
맘 놓고 갈만한 사람
그 사람을 그대는 가졌는가

온 세상 다 나를 버려
마음이 외로울 때에도
'저 맘이야' 하고 믿어지는
그 사람을 그대는 가졌는가

탔던 배 꺼지는 시간
구명대 서로 사양하며
'너만은 제발 살아다오' 할
그 사람을 그대는 가졌는가

불의의 사형장에서
'다 죽여도 너희 세상 빛을 위해
저만은 살려두거라' 일러줄
그 사람을 그대는 가졌는가

잊지 못할 이 세상을 놓고 떠나려 할 때
'저 하나 있으니'하며
빙긋이 웃고 눈을 감을
그 사람을 그대는 가졌는가

온 세상의 찬성보다도
'아니'하고 가만히 머리 흔들 그 한 얼굴 생각에
알뜰한 유혹을 물리치게 되는
그 사람을 그대는 가졌는가

함석헌

기독교 문필가와 민중 운동가로 산 분이다. 삶의 궤적이 크고 목소리가 우렁찼다. 그러나 그분은 시인이었다. 본성이 그랬다. 언제쯤이 시를 처음 만났던가. 기억은 분명치 아니하지만 놀라운 마음이 있었다.

아, 이런 시도 있었구나. 호통소리가 들어있었다. 속속 그것은 질문이었다. 제목부터 질문이었고 내용도 질문. 여섯 개의 질문이 폭포처럼 이어지고 있다. 내 어찌 그 가운데 하나라도 감당할 수 있을까 보냐.

고개가 절로 숙어진다. 어찌 저 말씀을 가슴에 안으랴. 부끄럽다. 어찌해야 하나? 지금부터라도 정신 차리고 잘 살아야 할 일이다. 이런 문장이 번번이 나를 살리고 내 인생의 길을 고쳐놓았다. 고마운 일이다.

저녁에

저렇게 많은 중에서
별 하나가 나를 내려다본다
이렇게 많은 사람 중에서
그 별 하나를 쳐다본다

밤이 깊을수록
별은 밝음 속에 사라지고
나는 어둠 속에 사라진다

이렇게 정다운
너 하나 나 하나는
어디서 무엇이 되어
다시 만나랴

김광섭

좋은 시는 모름지기 좋은 영혼에서 나온 문장이다. 나이를 불문하고 모든 세대에게 통한다. 구차한 설명 없이, 징검다리 없이 곧바로 가슴과 가슴을 연결한다.

또한, 좋은 시는 스스로 노래가 되고 그림이 되기도 한다. 위의 시 같은 경우가 그러하다. 노년에 이른 시인이 뇌졸중으로 여러 날 혼수상태에 있다가 기적적으로 깨어나 쓴 시편들 가운데 한 편이다.

그래서였을까. 대번에 수화 김환기 화백의 그림 소재가 되었고 가수 유심초의 가요로 작곡되어 대중의 사랑을 받기도 했다.

우화의 강

사람이 사람을 만나 서로 좋아하면
두 사람 사이에 물길이 튼다.
한 쪽이 슬퍼지면 친구도 가슴이 메이고
기뻐서 출렁거리면 그 물살은 밝게 빛나서
친구의 웃음 소리가 강물의 끝에서도 들린다.

처음 열린 물길은 짧고 어색해서
서로 물을 보내고 자주 섞여야겠지만
한 세상 유장한 정성의 물길이 흔할 수야 없겠지.
넘치지도 마르지도 않는 수려한 강물이 흔할 수야 없겠지.

긴말 전하지 않아도 미리 물살로 알아듣고
몇 해쯤 만나지 못해도 밤잠이 어렵지 않은 강,
아무려면 큰 강이 아무 의미도 없이 흐르고 있으랴.
세상에서 사람을 만나 오래 좋아하는 것이
죽고 사는 일처럼 쉽고 가벼울 수 있으랴.

큰 강의 시작과 끝은 어차피 알 수 없는 일이지만
물길을 항상 맑게 고집하는 사람과 친하고 싶다.

내 혼이 잠잘 때 그대가 나를 지켜보아주고
그대를 생각할 때면 언제나 싱싱한 강물이 보이는
시원하고 고운 사람을 친하고 싶다.

마종기

내가 오래 좋아하는 말 가운데 하나가 있다. 뷔퐁이란 프랑스 사람의 말이다. '글은 사람이다.' 그러니까 글과 사람이 동격이라는 말인데 이 말은 부드러운 것 같지만 매우 맵찬 말이다.

마종기란 이름. 청소년기 시를 공부할 때부터 알고 있었던 이름이다. 한국에서도 살았지만 미국으로 건너가 살았고 시인으로 살았지만 의사로서도 살았다.

모르겠다. 그의 시를 읽으면 시원한 그의 인품이 보이는 듯하다. 조건 없이 좋아할 수 있는 한 사람 인격이 저만큼 서있는 것만 같다. 그래서인지 대학에서 문학을 전공하고 평론가가 된 나의 딸아이 나민애마저 좋아하는 시인이 바로 이 시인이다.

행복

사랑하는 것은
사랑을 받느니보다 행복하나니라.
오늘도 나는
에메랄드빛 하늘이 환히 내다뵈는
우체국 창문 앞에 와서 너에게 편지를 쓴다.

행길을 향한 문으로 숱한 사람들이
제각기 한 가지씩 생각에 족한 얼굴로 와선
총총히 우표를 사고 전보지를 받고
먼 고향으로 또는 그리운 사람께로
슬프고 즐겁고 다정한 사연들을 보내나니,

세상의 고달픈 바람결에 시달리고 나부끼어
더욱더 의지 삼고 피어 헝클어진 인정의 꽃밭에서
너와 나의 애틋한 연분도
한 방울 연연한 진홍빛 양귀비꽃인지도 모른다.

사랑하는 것은
사랑을 받느니보다 행복하나니라.

오늘도 나는 너에게 편지를 쓰나니
그리운 이여, 그러면 안녕!
설령 이것이 이 세상 마지막 인사가 될지라도
사랑하였으므로 나는 진정 행복하였네라.

유치환

———————

통영에 여행을 가서 보니 통영 중앙동우체국 입구에 시비가 세워져 있었다. 바로 유치환 시인의 '행복'이란 시. 통영이란 도시가 문화적으로 격조 높은 도시라지만 이것은 많이 특별한 일이다.

까닭은 이 우체국에서 유치환 시인이 이영도 시인에게 수없이 많은 편지를 보냈다는 걸 기억하고 기념하기 위해서라고 한다. 그 고장에서 살았던 시인들도 대단하지만 그걸 기리는 지역민들도 대단하다.

힘찬 시를 써서 '의지의 시인'이란 말을 듣는 시인. 그런 시인에게 이토록 애틋한 시가 있다니 이 또한 놀라운 일이다. 이 시를 읽으면서 우리는 사랑의 본질을 새삼 깨닫는다. 역시 시의 덕성이다.

꽃자리

반갑고 고맙고 기쁘다
앉은 자리가 꽃자리니라!
네가 시방 가시방석처럼 여기는
너의 앉은 자리가
바로 꽃자리니라

반갑고 고맙고 기쁘다.

구상

인생의 요체는 무엇일까? 늙은 스승은 말한다. 아주 오래전부터 말하고 오늘날에도 여전히 말한다. 되풀이하시는 말씀이다.

기뻐하라. 즐거라. 공자님 말씀을 시인도 따라서 하신다. 오상순 시인이 먼저 말씀하시고 구상 시인이 그 말을 외워 두었다가 다시 말한다.

반가워하고 고마워하고 기뻐하라. 혼자서만 그러지 말고 서로 그렇게 하라. 한 번만 그렇게 하지 말고 계속해서 언제나 그렇게 하라.

강

혼자서는 건널 수 없는 것
오랜 날이 지나서야 알았네
갈대가 눕고 다시 일어서는 세월,
가을빛에 떠밀려 헤매기만 했네

한철 깃든 새들이 떠나고 나면
지는 해에도 쓸쓸해지기만 하고
얕은 물에도 휩싸이고 말아
혼자서는 건널 수 없는 것

구광본

대뜸 강물은 인생이고 세상이다. 인생이나 세상 또한 강물과 같은 것이다. 흘러서 끝이 없고 다시는 제자리로 돌아오지 않는 것.

그런 것 하나 깨닫고 알기까지 우리는 얼마나 시간을 낭비해야만 했던가. 젊어서 이런 걸 미리 짐작이라도 할 수 있다는 건 하나의 축복이다.

속지 마라. 속이지 마라. 내일은 오지 않은 오늘이고 어제는 지나간 오늘이다. 오직 있는 것은 오늘뿐. 그것이 너의 강물이다.

출처

가톨릭출판사
이해인, 「민들레의 영토」, 『민들레의 영토』, 가톨릭출판사

느린걸음
박노해, 「그 겨울의 시」, 『그러니 그대 사라지지 말아라』, 느린걸음

문학과지성사
최승자, 「그리하여 어느 날, 사랑이여」, 『즐거운 일기』, 문학과지성사

신대철, 「강물이 될 때까지」, 『무인도를 위하여』, 문학과지성사

정현종, 「방문객」, 『광휘의 속삭임』, 문학과지성사

문태준, 「시월에」, 『가재미』, 문학과지성사

황지우, 「너를 기다리는 동안」, 『게 눈 속의 연꽃』, 문학과지성사

문학동네
강연호, 「9월도 저녁이면」, 『세상의 모든 뿌리는 젖어 있다』, 문학동네

이병률, 「내 마음의 지도」, 『당신은 어딘가로 가려 한다』, 문학동네

마종하, 「딸을 위한 시」, 『활주로가 있는 밤』, 문학동네

함민복, 「성선설」, 『우울씨의 1일』, 문학동네

배문사
송영택, 「소녀상」, 『시와 시인』, 배문사

실천문학사
공광규, 「소주병」, 『소주병』, 실천문학사

오늘의문학사

임강빈, 「항아리」, 『임강빈 시전집』, 오늘의문학사

은행나무

오봉옥, 「아비」, 『나를 만지다』, 은행나무

창작과비평사

이상국, 「국수가 먹고 싶다」, 『집은 아직 따뜻하다』, 창비

손택수, 「아버지의 등을 밀며」, 『호랑이 발자국』, 창비

이시영, 「차부에서」, 『은빛 호각』, 창비

박형준, 「빈집」, 『물속까지 잎사귀가 피어있다』, 창비

황금알

이수익, 「우울한 샹송」, 『이수익 시전집』, 황금알

서정춘, 「30년 전」, 『죽편』, 황금알

• 이 책에 실린 시들은 한국문예학술저작권협회, 사이저작권에이전시와 남북저작권센터, 최계락문학상재단, 함석헌기념사업회, 출판권을 가진 출판사, 작가와의 연락 등을 통해 저작권자의 동의를 얻었습니다. 저작권자를 찾기가 어려워 부득이하게 허락을 받지 못하고 수록한 작품에 대해서는 추후 저작권이 확인되는 대로 적법한 절차를 진행하겠습니다.